D1926800

Jeden Herbst gehen die Vögel in Schwärmen auf einem Strand vor Istanbul nieder. Seit den Tagen des alten Byzanz will es die Sitte, dass die Städter sie vor den Moscheen, Kirchen und Synagogen kaufen und wieder freilassen. Sie sollen an der Pforte des Paradieses Fürbitte leisten. Als aber drei Gassenjungen ihre vollgestopften Käfige auf Istanbuls Plätze tragen, ernten sie nur Spott und Hohn. Man beschimpft, verjagt die Jungen und hetzt die Polizei auf sie. Mit knurrenden Mägen, leeren Taschen, enttäuscht und erniedrigt, kehren sie an den Strand zurück.

Yaşar Kemal

Auch die Vögel sind fort

Roman

Aus dem Türkischen
von Cornelius Bischoff

Unionsverlag

Die Originalausgabe erschien 1978
unter dem Titel *Kuşlar da gitti*
im Verlag Milliyet Yayinlari, Istanbul.
Die deutsche Erstausgabe erschien 1984
im Unionsverlag, Zürich.

Im Internet
Aktuelle Informationen,
Dokumente, Materialien
www.unionsverlag.com

© by Yaşar Kemal 1978
© by Unionsverlag 2013
Rieterstrasse 18, CH-8027 Zürich
Telefon +41 44 283 20 00, Fax +41 44 283 20 01
mail@unionsverlag.ch
Alle Rechte vorbehalten
Umschlaggestaltung: Martina Heuer, Zürich
Umschlagfoto: Ara Güler
Druck und Bindung: CPI – Clausen & Bosse, Leck
ISBN 978-3-293-00467-2

Tuğrul ging am Waldrand entlang und weiter bis in die Nähe des Zeltes.

Obwohl noch nicht einmal Mitte September, waren die drei aus Fatih gekommen, hatten im Osten der grünen Ebene, dicht bei der alten Pappel, ihre Zelte aufgeschlagen und mit den Vorbereitungen begonnen. Sie knüpften Netze, bauten Fallen, und von Morgengrauen bis Sonnenuntergang sangen sie eigenartige, alte Lieder.

Der eine war klein gewachsen, aber breitschultrig, hatte mächtige Hände und einen gewaltigen Kopf. Seine Augen verengten sich wie Dreiecke, darüber buschige Augenbrauen und struppige Stachelhaare. Das Weiße im einen seiner Augen hatte zwei, das Weiße im anderen Auge drei Flecken, und ein Fleck im linken Auge dehnte sich bis zur schwarzen Iris aus und verschwamm mit ihr. Dieser Junge war wortkarg, fast stumm, und öffnete seinen Mund nur, wenn ein neues Lied angestimmt wurde. Der andere war lang wie eine Bohnenstange. Sein Hals war übermäßig gewachsen, und seine hervorquellenden Augen schienen aus ihren Höhlen zu springen. Er redete in einem fort, redete und redete, und verstummte dann plötzlich. Solange sein Wortschwall anhielt, streckte er seinen Hals immer weiter vor, wurde noch länger und dünner.

Der Dritte war ein rechtes Schlitzohr. Einer von der Sorte, die man »Feuerball« nennt, ja, so einer war das. Nicht einen Augenblick konnte er stillhalten, seine Hände waren ununterbrochen in Bewegung, formten irgendetwas, zerstörten es wieder, während er fortwährend erzählte, schimpfte oder seine Kameraden foppte. Oft huschte über seine hellbraunen Augen hoffnungsloser Kummer und verschwand wieder, wie er gekommen war. Die Enden seines dünnen Schnurrbarts hingen herab, und wenn seine Hände gerade nichts verrichteten, schnellten sie hoch und zupften so heftig an den Bartspitzen, als wollte er sie ausreißen. Sein rundes, kräftiges Kinn stand vor. Aber auch dieses starke Kinn hatte einen Anflug von Trauer.

Tuğrul hockte auf der kleinen Anhöhe vor dem Drahtzaun, der die Pappel umgab, nieder und legte die Arme um seine Knie. Fast zehn Tage beobachtete ich immer wieder, wie Tuğrul am unteren Waldsaum entlangschlenderte, auf dem mit Männertreu bewachsenen Hügel niederkauerte, sich an den Drahtverhau lehnte, den Rücken gegen den

Stacheldraht, und dort, ohne ein Wort zu sagen, sitzen blieb. Seltsam, nie blickte er zum Zelt hinüber, wo die Jungen lauthals hantierten, auch nicht zu den Flugzeugen und Hubschraubern hinauf, die immer wieder über ihn hinwegflogen. Er saß nur so da, das Kinn auf den Knien.

An Sonntagen ließ der Hauptkommissar von der Insel Kinali Modellflugzeuge in den Himmel steigen. Aber nicht nur der Hauptkommissar von der Insel Kinali kam hierher, in die Ebene von Florya, um Modellflugzeuge in den Himmel zu schicken. Mit Mercedes und Volkswagen, mit Volvos und Murats kamen die Männer in Scharen angefahren. Ihre fliegenden Spielzeuge, die, vom Boden aus gelenkt, mehr lärmten als die Linienmaschinen hoch droben, schwirrten kreuz und quer durch den Himmel von Florya. Um sie zu bestaunen, kamen die Kinder von Çekmece und Menekşe, von Cennet Mahallesi und Yeşilyurt. Still, andächtig, vor Ehrfurcht bis in die Fingerspitzen versteinert, starrten sie schweigend nach den Flugzeugen und zu den Männern hinüber, die sie steuerten.

Tuğrul rührte sich nicht, hob nie den Kopf, sah kein einziges Mal in den Himmel. Die Hubschrauber flogen über ihn hinweg, streiften fast den Wipfel der Pappel, Tuğrul saß nur da, reglos wie ein Stein, nichts schien ihn zu kümmern, und auch wenn eines der Flugzeuge auf ihn herabgestürzt wäre, nichts hätte ihn von seinem Platz vertrieben.

Ich ging oft an ihm vorbei, aber er schien auch mich kein einziges Mal zu bemerken. Aber wer weiß, vielleicht nahm er mich doch wahr, beobachtete auch die Flugzeuge, die über ihn hinwegschwirrten, hörte ihren Lärm, und mir fiel es nur nicht auf. Vielleicht verfolgte er von seinem Sitz aus bis ins Kleinste alles, was in der Ebene vorging.

Vom nahen Meer strahlte Helle über das Land, hallte das dumpfe Tuckern der Kutter, strömte der Geruch von Salz, Jod und fauligem Tang herüber, feucht, warm und durchdringend.

Eines Morgens entdeckte ich, dass in der Ebene von Florya zahllose Netze aufgespannt waren. Am Waldrand, auf dem kleinen Hügel, der zum Bahndamm abfiel, im Kardendickicht, unter den Feigenbäumen, in der tiefen Mulde bei den Mandelbäumen, den Pappelhain entlang, überall … Kinder, Jugendliche und Erwachsene, geschniegelt oder zerlumpt, Losverkäufer, Herumtreiber, Schneider-, Schlosser-, Schmiedelehrlinge, Fischer ohne handwerkliches Geschick, sie alle hatten ihre Netze ausgelegt, darum herum Lockvögel angebunden oder in Käfige gesperrt, hatten sich hingekniet und ahmten mit gespitzten Mündern oder Lockflöten Vogelstimmen nach. Das Gepfeife über der Ebene schwoll an wie Vogelgezwitscher, sowie sich ein Vogelschwarm blicken ließ.

Der Grünling, aschfarben, fast schwarz und etwas kleiner als der Spatz, der gelbe Distelfink, der Buchfink, der Zitronenzeisig … Und zahllose winzige, glanzfarbene Vögel. War ihre Brust gelb, so war es das leuchtendste, herrlichste Gelb, und war sie rot, dann im flammendsten Rot … Dieses Gelb leuchtet noch in der Dunkelheit, sogar das Rot und das Grün … Ein winziger Vogel, drei Daumen groß, von reinstem Blau … Wie eine Leuchtkugel schießt er durch die Lüfte und lässt eine Spur von seinem Blau zurück, kleine, tiefblaue Lichtbahnen zeichnet er in den Himmel.

Tuğrul hatte das Kinn wieder auf seine Knie gestützt und die Arme um seine Beine gelegt.

»Grüß dich, Tuğrul!«

Er beachtete mich nicht, stellte sich taub. Ich war sicher, dass er mich gehört hatte, erkannte es am leichten Zucken seiner rechten Schulter.

»He, Tuğrul, grüß dich! Was treibst du denn?« Er antwortete wieder nicht, nur sein Rücken spannte sich, bäumte sich auf und fiel wieder in sich zusammen. Dann zog er seinen kraftlosen, dünnen Hals noch tiefer zwischen die Schultern. In diesem Augenblick fiel ein Blatt von der Pappel auf seinen Fuß und blieb dort haften.

Ich setzte mich zu ihm und legte meine Hand auf seinen Rücken. »Was ist los, Tuğrul?«

Schwerfällig, vielleicht verlegen, mit glänzenden, ja wie tränenfeucht glitzernden Augen drehte er sich zu mir um, sah mich an und versuchte zu lächeln. Seine rissigen, dünnen Lippen dehnten sich, er senkte den Kopf und sagte sanft: »Da ist nichts, Onkel.«

»Doch!«, beharrte ich.

»Und wenn auch, was gehts mich an!«

»Du denkst wohl, das geht den Onkel nichts an?«

»Doch, doch, etwas ist los«, brach es aus ihm heraus.

»Was ist es denn?«

»Da!«, schrie er und zeigte auf das Zelt. »Die dort!«

»Was ist mit denen?«

Er sah mich mit großen Augen an und schwieg.

Ich drängte nicht weiter, stand auf und ging. Tuğrul hatte mich verärgert, ja, ich war wütend auf ihn. Wenn in dem Zelt etwas vorging, hätte er es mir doch wie ein vernünftiger Mensch erzählen können, oder? Ob Tuğrul mir böse war, weil ich nicht hartnäckiger gefragt hatte? Vielleicht würde er nie mehr mit mir sprechen. Soll er doch, aus welchen Gründen auch immer; der Pascha schuldet niemandem Rechenschaft.

Seitdem hielt ich jedes Mal inne, wenn ich an jener Stelle vorbeiging, und beobachtete aufmerksam das Zelt und seine Insassen.

Zwei oder drei Tage vergingen, und obwohl ich das Zelt nicht aus den Augen ließ, konnte ich nichts Außergewöhnliches entdecken. Wie alle anderen hatten die drei ihre Netze gespannt, daneben Käfige aufgestellt und Lockvögel angebunden. Und wie alle anderen spitzten auch sie ihre Lippen und trillerten. Gingen daraufhin die Vögel auf die dichten Kardendisteln nieder, zogen die Fänger mit befreiendem Jauchzen und weit aufgerissenen Augen die Netze über sie. Und während die Vögel, die sich auf dem stacheligen Gestrüpp niedergelassen hatten, gefangen in den Netzen flatterten und zappelten, rannten die Jungen von drei Seiten auf sie los, ungeduldig, erregt, voller Grimm und Gier.

Schließlich konnte ich nicht anders: wie Tuğrul ging auch ich hin, setzte mich unter den alten Zürgelbaum zur anderen Seite des Zeltes und beobachtete die Burschen. Mal sah ich zu Tuğrul, mal zu ihnen hinüber. Und Tuğrul, der sonst immer ins Leere starrte, blickte zu mir herüber, aber diesmal so auffällig, dass ich es nicht übersehen konnte. Jedes Mal wenn die Schwärme über uns hinwegschwirrten, die Vögel sich auf die Disteln niederließen, die Jungen sie in ihre großen Käfige sperrten und hinter den Gittern die gelben, braunen und roten Vögel aufgeregt umherflatterten, starrte Tuğrul in den Himmel, blickte dann zum Netz hinüber, musterte die Jungen und ihre Käfige, senkte schließlich die Augen und legte das Kinn auf seine Knie, bis der nächste Vogelschwarm vorbeiflog, die Vögel auf den Karden landeten und die Jungen mit Freudenschreien auf das Netz zuliefen …

Einmal ging ich an ihm vorbei; da hob er den Kopf und sah mich an, sehr lange; dann ging sein Blick zum Käfig, in dem die Vögel wimmelten, glitt weiter zu den Jungen und blieb auf ihnen wie festgenagelt haften.

Auch auf meinen nächtlichen Spaziergängen führte mich mein Weg an der Pappel vorbei. Eines Nachts, es war Mitternacht, saß da nicht Tuğrul an seinem altgewohnten Platz? Grelles Licht, Stimmen kamen aus dem Zelt. Jemand lachte von Zeit zu Zeit, es klang wie Schluchzen, wie eine Totenklage, wie ein Fluch, wie eine seltsame Vogelstimme. Ich gebe Brief und Siegel darauf, dass dieses Lachen das Lachen des langen Jungen, diese Stimme seine Stimme war.

Unwillkürlich lenkte ich meine Schritte in Tuğruls Nähe und blieb in einiger Entfernung stehen.

»Tuğrul!« Er gab keine Antwort. In der Dunkelheit konnte ich auch nicht erkennen, ob er seinen Rücken krümmte oder mit der Schulter zuckte.

»Tuğrul! Tuğrul!«, rief ich ungehalten.

Schwerfällig stand er auf, klopfte sich mit beiden Händen den Staub ab und schlug den Weg zum Meer ein, ohne sich auch nur ein einziges Mal nach mir umzusehen. Er war mir also sehr böse. In der Dunkelheit ballten sich die Umrisse seines Körpers zu einem kugelrunden Schatten. Dann verschwand er zwischen den Wellblechhütten.

Ein Feuer loderte vor dem Zelt, und der kleinste der drei, das Schlitzohr, sammelte in der Nähe unermüdlich trockene Disteln und warf sie in die Flammen.

Sie standen morgens sehr früh auf. Aber Tuğrul war schon dort, wenn der Morgen graute, noch bevor sie wach waren. Oft sah ich ihn vom Wald zur Pappel hasten, als befürchte er, zu spät zu kommen. Er rannte wie von Sinnen, und wenn er ankam, bevor sie aufgewacht waren, atmete er auf, hockte sich auf seinen Platz vor dem Stacheldraht, legte die Arme um seine hochgezogenen Beine und stützte das Kinn auf die Knie.

In der Ebene von Florya war der Wettstreit der

Vogelfänger in vollem Gange. Wie immer, wenn der Oktober kommt, wenn der Karayel von Nordwesten und der Poyras von Norden kalt und schneidend wie Rasiermesser über das Land stürmen, wenn der Lodos vom Süden her das Meer bei Florya schäumend aufwühlt und Regenschauer vor sich hertreibt, aber auch Schwärme von kleinen Vögeln, die Zickzacklinien in den Himmel zeichnen und auseinanderstiebend auf die Karden niederfallen.

Bei Regen und rauem Wind schwirren die Vögel wieder hoch, kaum dass sie die Disteln berührt haben. Über den Wald zum Meer, zum Çekmece-See, über die Wipfel der Bäume wischen sie hinweg, jagen dahin, kleine bunte Tupfer im Grau des Himmels, bis sie den Blicken entschwinden. An lauen, sonnigen Tagen aber kommen sie zu Tausenden und machen sich, übereinandersteigend und flatternd, mit unheimlicher Gier und Lust über die Samen der verdorrten Karden her, deren gelbe Blüten im Sommer die weite Ebene in leuchtendes Safrangold getaucht hatten.

Seit es dieses flache Land gibt, seit den Zeiten von Byzanz und dem Osmanischen Reich, kommen und gehen diese winzigen Vögel, wer weiß, woher und wohin, und machen vom Oktober bis weit in den Januar hinein die Ebene von Florya zu ihrem Standort. Seit jenen Zeiten bis auf den heutigen Tag locken die Einwohner der Stadt Istanbul diese Vögel in Fallen aller Art. Sind sie gefangen, werden sie vor den Kirchen an die Christen, vor den Synagogen an die Juden, vor den Moscheen an die Muslime verkauft und mit der Beschwörung: »Fliege, Vogel, fliege vor, wart auf mich am Himmelstor!« freigelassen. Der Himmel von Istanbul wimmelt dann von befreiten Fürbittern, von Zeugen einer guten Tat, spottbilliges Entgelt für die Glückseligkeit. Besonders die Kinder sind ganz versessen darauf, Vögel zu kaufen und freizulassen. Und nicht zu vergessen: die Alten, die Hochbetagten …

Es ist schon sehr lange her, war wohl während meiner ersten Tage in Istanbul, als ich auf dem Taksim-Platz einen bejahrten Mann in einem Paletot mit Pelzkragen und ein sechs- oder siebenjähriges Kind beobachtete, die von einem ungefähr elfjährigen, barfüßigen Jungen zitronengelbe, verschreckt starrende Vögel kauften und in die Luft warfen. Mal griff sich der Alte einen Vogel aus dem Käfig, mal das Kind. Und jedes Mal, wenn sie dem Jungen einen Vogel abnahmen und hochwarfen, stießen alle drei nicht enden wollende Freudenschreie aus. Aber da war auch eine Katze, die im Gebüsch unter einer Platane kauerte; denn manche Vögel konnten nicht mehr fliegen, fielen zu Boden und suchten Schutz unter den Sträuchern. Kaum dass ein Vogel in den

Busch geflüchtet war, schnappte ihn das kleine Biest, zerriss ihn mit Krallen und Zähnen, fraß ihn auf, putzte behaglich Zähne und Maul und lauerte auf das nächste Opfer, regungslos, unverwandt nach oben starrend.

Heutzutage werden vor dem Innenhof der Eyüp-Moschee keine Vögel mehr als Fürbitter verkauft. Die Kinder bringen die gefangenen Vögel nach Eminönü auf den Vogelbasar. Die Vogelhändler dort suchen aus Hunderten von Vögeln nur die besten und schönsten heraus, um sie zu sehr hohen Preisen an Liebhaber zu verkaufen, und geben die restlichen zurück. Müde und enttäuscht kehren die Kinder mit den vollen Käfigen heim, ratlos, weil sie nicht wissen, was sie mit all den Vögeln anfangen sollen.

Ich denke, dass jede Chronik von Istanbul wertlos ist, wenn ihre Verfasser nichts von Floryas Vögeln und ihren Fängern berichten. Schade um ihre Mühe! Ist das Glück von Abermillionen Vögeln, freigelassen im Laufe der Jahrhunderte vor Kirchen, Synagogen und Moscheen, und das Glück der Menschen darüber nicht ein Abenteuer, über das man berichten muss? Ich bin sicher, eines Tages wird einer kommen, ein guter Freund, mit reinem Herzen und klug, und er wird die schöne, hoffnungsvolle Geschichte der Vögel Floryas niederschreiben, und dann, ja dann wird Istanbul noch schöner sein, noch berückender. Liegt Istanbuls Zauber denn nur in seinem Meer, seinen Bauwerken, seinem Himmel, seinen Flüssen und seinen Menschen? Und Floryas Vögel, was ist mit ihnen?

Einige Tage später sah ich Cem neben Tuğrul sitzen. Das Kinn auf den Knien, hockten beide nebeneinander. Es vergingen kaum zwei Tage, und auf dem Hügel kauerten sie schon zu sechst am Drahtverhau. Die Arme um ihre Knie geschlungen, das Kinn aufgestützt, saßen sie da und blickten ins Leere. Bewegungslos, vielleicht wütend, vielleicht besessen, vielleicht in Gedanken versunken, mit ausdruckslosen Gesichtern, die nichts verrieten, hockten sie da oben, am Rande der grünen Ebene.

Die Knaben beim Zelt hasteten geschäftig hin und her, ahmten Vogelstimmen nach, ließen die Lockvögel auffliegen, holten sie wieder ein und zogen das Netz über die Vögel, die sich auf die Karden niedergelassen hatten. Ab und zu konnten sie es sich nicht verkneifen, die Jungen, die da so reglos saßen, mit einem kurzen Blick zu streifen. Sie wussten offensichtlich nicht, was sie von denen halten sollten. Als der erste riesige Käfig voll war, holten sie einen zweiten, dann einen dritten. Schließlich standen im Zelt acht Käfige, prall voll mit zappelnden gelben, roten und blauen Vögeln, ihre verschreckten

Augen glitzerten wie tausendfach sprühende Wunderkerzen, wie wahnsinnig schlugen sie mit ihren Flügeln, flatterten voller Angst gegen den Käfigdraht, zerfetzten sich, um freizukommen. Acht volle Käfige von der Sorte fünfzig mal achtzig mal sechzig.

Diese Jungen aus Fatih – woher wusste ich eigentlich, dass sie aus Fatih waren? Wer sagte es mir? Ich weiß es nicht mehr. Mir schien wohl, kein anderer Stadtteil passe zu ihnen. Diese Jungen, sagte ich mir, können nur in Fatih wohnen. Diese Jungen aus Fatih also blickten hin und wieder zu den sechs regungslosen Gestalten hinüber, misstrauisch, ein bisschen verwundert, ja mit einer Spur von Angst.

In diesem Jahr lachte ihnen das Glück; viele Vögel waren auf die Ebene niedergegangen, in großer Zahl und allen Arten, und in den Käfigen waren solche, die sie noch nie gesehen, deren Namen sie noch nie gehört hatten. Wie diese sechs, jeder groß wie eine Faust, von fleckenlosem, zur Brust und unter den Flügeln heller werdendem Rot. Jeder von ihnen würde weiß Gott mindestens sieben Lira bringen. Und dann hatten sie noch einen Falken gefangen. Sie sperrten ihn in einen getrennten Käfig und gaben ihm täglich fünf, sechs lebende Distel- oder Buchfinken; kaum hatte sie der wilde Vogel in seinen Fängen, zerfetzte er sie wie eine Katze, rasend über seine Gefangenschaft.

Eigentlich waren Falken in dieser Gegend selten. Vielleicht kam er von weit her, hatte sich über den Istranca-Wäldern an die Schwärme der kleinen Vögel geheftet und war ihnen bis hierher gefolgt. Dann war er wie ein Blitz aus heiterem Himmel auf die Lockvögel herabgestoßen, aber kaum schlug er die Beute, war das Netz schon über ihm. Und auch als sich das Netz schon über ihn stülpte, ließ er den Distelfink nicht aus seinen Fängen. Als die Jungen den Lockvogel befreien wollten, wehrte sich der Falke mit Schnabel und Krallen so heftig, dass ihre Hände ganz blutig wurden. Es war ein rötlicher Falke. Sie verkauften ihn für sage und schreibe fünfunddreißig Lira an Halil den Zigeuner. Sie fingen noch zwei kastanienbraune Falken. Auch die kaufte ihnen Halil der Zigeuner ab, zu je fünfundzwanzig Lira. Zigeuner-Halil brachte die Falken ins Dorf Kavak und verhökerte sie an die Jäger.

Am Himmel, in weiter Ferne, dort über dem Meer, kreiste wieder ein Greifvogel. Ich ging zum Zelt.

»Seht!«, sagte ich. »Da! Ein Falke!«

»Haben wir gesehen«, sagte der Kleine mit den Dreiecksaugen.

»Ob er wohl herkommt?«

»Er wird bald hier sein«, antwortete er und seufzte. »Er wird bald hier sein, aber …«

»Aber?«

»Aber, Onkel, aber sie zerfetzen die Netze. Und außer Halil dem Zigeuner will sie niemand haben, und der zahlt für jeden Vogel nur fünfundzwanzig bis dreißig Lira. Der Segen dieser Vögel lohnt den Frosch nicht, den sie erschrecken.« Der Lange nahm ihm ungeduldig das Wort von der Zunge: »Von morgens bis abends verjage ich sie und laufe mir dabei die Seele aus dem Leib. Sie stürzen so plötzlich von hoch oben senkrecht auf die Lockvögel herunter, dass mir jedes Mal der Schreck in die Glieder fährt.«

»Fangt den da!«, sagte ich.

Der Lange reckte seinen Hals gegen den fliegenden Vogel. »Er wird bald hier sein«, sagte er, und sein Hals blieb gestreckt. Der Kleine zog die Stirne kraus. »Ich kann auf seinen Besuch verzichten.«

»Fangt ihn!«, sagte ich.

Da blitzten die Augen der drei. »Was ist dein Preis?«

Ich überlegte kurz. »Hundert Lira!«

»Bravo!«, brüllte der Kleine.

»Bravo!«, antwortete ich.

Der schlanke Hals des Langen reckte sich wieder gegen den Vogel empor und wurde noch dünner.

»Komm, komm!«, lockte er. Dann drehte er sich zu mir und sagte: »Er kommt gleich.«

»Wenn du willst, Onkel, kannst du beim Zelt warten«, sagte der Kleine, »der Vogel kommt gleich, wir fangen ihn, und du nimmst ihn mit.«

»Abgemacht«, sagte ich und hockte mich am Wegrand nieder. Hunderte von Vögeln machten in den Käfigen einen Lärm, als ginge die Welt unter.

»Hundert Lira«, sagte der Junge, der nie stillhalten konnte, strich das Netz glatt und legte es zurecht. »Hundert Lira!« Er blickte in den Himmel, der Vogel hatte sich heruntergeschraubt und schwebte jetzt über dem Palast des Präsidenten. »Hundert Lira, hundert Lira«, hörte ich den Jungen verhalten murmeln, »hundert Lira, hundert Lira … Das macht zweihundert Lira, sehr gut! Und noch ein Hunderter und noch einer, macht zweihundert, macht fünf, macht zehn … zweitausend Lira!« Das Schlitzohr hatte sich ein Spiel ausgedacht. Er passte seine Bewegungen seinem Singsang an. Er kam und ging, prüfte Netz und Fallen, zog an den Schnüren, schwenkte sie auf und ab, sodass die Lockvögel an ihren Fesseln auf- und niederflatterten.

Der Greifvogel segelte mit weit gestreckten Schwingen im Blau des Himmels. Mit gereckter Brust gegen den steifen Nordwind gestemmt, pendelte er in weiten Bögen und schoss dann mit kräftigem Flügelschlag durch den Dunst, der vom Meer aufstieg.

Das Schlitzohr, fast ein Stückchen gewachsen, baute sich aufgeregt vor mir auf. »Wie viele von diesen Vögeln nimmst du mir ab, wenn ich sie fange?«

Er streckte die Hand aus und zeigte in den Himmel. »Sieh!«, rief er. »Sieh, Onkel, wie schön er fliegt!«

»Er fliegt wirklich wunderschön«, antwortete ich.

»Bald gehört dieser Vogel dir«, versicherte er. Er war überglücklich. Dann lief er zu den Fallen und zog an den Schnüren. Vier winzige gelbe Vögel flatterten aufgeregt in die Höhe; aber nach einigen Metern wurden sie im Flug von den Fußfesseln jäh zurückgerissen, sie schnellten auf die gabelförmigen Ruten zurück, und der Junge scheuchte sie wieder hoch. Mal sah er zum Vogel auf, der am Himmel ruhig seine Kreise zog, dann wieder zu den Lockvögeln, die er immer wieder aufscheuchte, damit der Greif sie erspähte. Nach einer Weile kam er wieder zu mir. »Wie viele von diesen Vögeln wirst du kaufen?«

»Fange du sie erst einmal, und was ich nicht kaufen kann, verkaufen wir zusammen.«

»An wen?«, fragte er misstrauisch.

»An Hasan Kaptan.«

»Wer ist das?«

»Ein Kapitän«, antwortete ich, »mein Nachbar, ein Lase, vom Schwarzen Meer. Man sagt, er habe früher viele Falken gehabt. Ein großartiger Jäger.«

»Alle Lasen sind Jäger«, sagte er mit Kennermiene. »Und was ist, wenn er nicht kauft?«

»Dann kaufe ich und mache ihm ein Geschenk.«

»Wer noch?«

»Da ist noch Ali Bey, der Kommissar, Kommissar Fingerabdruck!«

»Bei meiner Mutter! Fingerabdruck, wie?«

»Ja, Fingerabdruck. Mein Nachbar hat es mir erzählt: Noch bevor man ihn ›Fingerabdruck‹ nannte, als er noch in Rize lebte, soll er fünf von diesen Vögeln gehabt haben, mit denen fing er Tag und Nacht Wachteln, ganze Körbe voll. Du kennst doch diese riesigen Körbe der Schwarzmeerfischer.«

»Bei Gott!«

»Hasan Kaptan«, ich zeigte auf den Vogel am Himmel, »hat mir sieben verschiedene Arten dieser Habichte aufgezählt, und Ali Bey.«

»Das ist ein Falke, kein Habicht«, verbesserte mich das Schlitzohr. Sein Name war Semih. Der mit den Dreiecksaugen hieß Hayri, und die Bohnenstange war Süleyman. Süleyman der Lange. Niemand nannte ihn bei seinem Namen, er war ganz einfach »der Lange«.

Der Lange kam zu mir, hockte sich langsam und

geräuschlos vor mich hin, zeigte auf die Gruppe um Tuğrul und fragte: »Onkel, wer sind die da?«

»Tuğrul«, antwortete ich, »der kommt aus unserer Gegend; der Sohn des Distriktwächters; aus Menekşe. Der neben ihm ist Hüseyin, und der mit der spitzen Nase ist Erol der Fischer. Wer die anderen sind, weiß ich nicht.«

Er murmelte vor sich hin: »Aus Menekşe, aus eurer Gegend, Tuğrul, Sohn des Distriktwächters.«

»Was sagst du?«, fragte ich.

»Ach nichts ... Seit wir hier zelten und bei jedem Morgenrot, das Allah werden lässt ...«

»Ich weiß«, sagte ich.

Süleyman fing an, über Tuğrul zu erzählen, über seine Augen, wie er immer zuschaute, wie besessen, aber er scheine kein schlechter Kerl zu sein ...

»So ist es«, bestätigte ich.

»Ja, natürlich ist es so, Onkel. Ich weiß nur nicht, worüber die sich den Kopf zerbrechen. Wir sind jedenfalls hier für unser täglich Brot.«

»Na und?«

»Der hat natürlich gut lachen. Sein Vater ist der große Distriktwächter. Noch dazu von Florya.«

»Von Menekşe«, warf ich ein.

»Menekşe, das ist sozusagen Florya, ist es nicht so?« Er sah mich fast flehentlich an.

»So ist es, sozusagen Florya.« Aus irgendeinem

Grunde freute er sich über diese Antwort: »Das sieht man ihm von Weitem an, dass sein Vater der Oberwächter ist. Onkel, sieh sie dir an! Die sind doch verrückt. Kommen vor Morgengrauen, setzen sich hin, reden kein Wort und schauen ständig zu uns herüber. Mit ihren hellen Augen.«

»Ja, er hat helle Augen«, sagte ich.

»Die Helläugigen bringen Unglück. Sieh, wenn die dort nicht säßen, wäre der Vogel schon längst in unserem Netz. Ein hungriger Vogel schaukelt doch nicht so ruhig da oben herum, während es hier unten von Ködern wimmelt. Bei Allah, Onkel, gestern stürzten sich diese Greife wie Wölfe, wie hungrige Wölfe auf die Lockvögel. Gestern habe ich mir die Seele aus dem Leib geackert, um sie zu verjagen, und heute? Schau, der denkt gar nicht daran zu kommen. Vielleicht grollt er mir auch, weil ich ihn gestern so oft beschimpft und verjagt habe. Ob die Vögel die Sprache der Menschen verstehen?«

»Ich denke schon«, sagte ich.

Argwöhnisch sah er mich an, spähte nach dem Vogel am Himmel und richtete dann seinen Blick auf Tuğrul. »Vielleicht liegt es an denen da, wer weiß … Blaugrau«, murmelte er, »seine Augen sind blaugrau …« Er starrte unverwandt auf Tuğrul.

In Yeşilköy war ein Hubschrauber aufgestiegen und kam über das Meer in unsere Richtung. Er flog so tief, dass er fast die hohe Platane vor dem öffentlichen Badestrand streifte.

»Genau das mögen die Vögel gar nicht«, bemerkte Süleyman.

»Helläugig«, sagte ich, »seine Augen sind blaugrau.«

Süleyman lachte und sah abwägend zu Tuğrul hinüber. Die sechs Jungen, von denen ich vier kannte, vor allem Hüseyin, meinen besonderen Freund, saßen da, die Knie umschlungen, das Kinn aufgestützt, und starrten regungslos ins Leere, warteten und starrten weiß der Teufel wohin.

Der Hubschrauber scheuchte mit einem Riesenlärm die Möwen in alle Windrichtungen, flog dicht über die Platane und den Präsidentenpalast hinweg. Wir alle, auch Tuğrul und seine Freunde, suchten gespannt den Greifvogel, kaum dass der Hubschrauber vorbeigeflogen war. Als sei nichts geschehen, kreiste er mit weit gespannten Flügeln unter einer schneeweißen Wolke, die im Blau hing, und rüttelte hin und wieder seine Schwingen. Wir freuten uns, und an den Gesichtern konnte ich erkennen, dass auch Tuğrul und seine Freunde froh waren.

Je länger der Falke dort oben stand, desto wütender wurde Hayri. Ständig zog er an den Schnüren, dass die Lockvögel hochschnellten und zurückfielen. Machte er so weiter, würden sie nicht, wie üblich, bis zum Abend durchhalten, sondern noch vor Mittag eingehen.

»Irgendetwas stimmt da nicht«, sagte er. »Bei Allah und den Propheten, irgendetwas ...« Er biss die Zähne zusammen, seine Gesichtshaut straffte sich. »Das ist wie ein böser Zauber. Gestern noch stürzten sie sich wie reißende Raubtiere auf die Lockvögel, und heute? Schau selbst! Kaum hören sie etwas von hundert Lira ...« Auch er warf einen verstohlenen Blick zu Tuğrul hinüber und seufzte: »Das ist ein böser Zauber. Aber er wird kommen«, zischte er und ließ Tuğrul nicht aus den Augen. »Er wird kommen, und wie er kommen wird ... Er wird kommen!«

Er zerrte wieder an den Schnüren, spähte nach dem Vogel über dem Meer und brüllte plötzlich: »Er wird kommen! Was auch geschieht, er wird kommen!«

»Er kommt bestimmt«, sagte ich.

In diesem Augenblick stieg unten in Basinköy, in der Nähe des Bahndamms, ein riesiger Vogelschwarm auf. Die Jungen wirbelten aufgeregt durcheinander. Süleyman ging in die Knie und begann Vogelstimmen nachzuahmen, um den Schwarm anzulocken; Semih scheuchte die Lockvögel auf, und Hayri hockte sich neben die Zugleine des Fangnetzes. Mit ausgestreckten Hälsen lauerten sie auf den Vogelschwarm, der sich hob und senkte, sich ausdehnte und zusammenzog, dabei immer näher kam, bis er über der Pappel, bei der Tuğrul und seine Freunde saßen, verharrte, dort niederging, wieder aufflog, noch einmal niederging und endgültig davonflog, bis auf drei Vögel, die sich auf das Kardengestrüpp am Fangnetz niedergelassen hatten. Die Lockvögel zwitscherten aus voller Kehle. Der Vogelschwarm wischte über den Wald weiter, kam wieder zurück und jagte dann nach Menekşe, nachdem weitere fünf Vögel auf den Karden niedergegangen waren.

Hayri zog die Leine nicht, er wartete ab. Über Menekşe machte der Schwarm eine Kehrtwendung, stieg steil empor, verlor plötzlich an Höhe und ging auf das Kardengestrüpp nieder. Kaum waren die Vögel gelandet, zog Hayri mit aller Kraft an der Zugleine; das Netz hob sich und fiel in seiner ganzen Breite über das Gestrüpp. Die Vögel kreischten, flatterten außer sich in panischer Angst unter dem Netz hin und her. Von drei Seiten stürzten sich die Jungen auf das Netz, fingerten die Vögel aus den Maschen und stopften sie in die Käfige.

Tuğrul und seine Freunde waren aufgesprungen. Mit bestürzten Gesichtern und weit aufgerissenen Augen, vielleicht auch voller Groll, betrachteten sie, was da vor sich ging.

»Alles voll«, sagte Semih, als er zu mir herüberkam. »Wir haben keine Käfige mehr. An manchen Tagen fangen wir bis zu fünfhundert Vögel. Wenn sie kommen, müssen wir sie doch fangen.«

»Natürlich«, antwortete ich, »zumal du das Netz schon gespannt hast.«

»So ist es«, sagte er und senkte den Kopf.

»Bringt sie nach Taksim, nach Sirkeci und Eyüp, und verkauft sie dort als Himmelsvögel.«

»Die Leute kaufen sie nicht«, sagte Semih. »Niemand kauft mehr Himmelsvögel. Gestern bin ich in der ganzen Stadt herumgelaufen; aber kein Diener Gottes hat einen einzigen Vogel gekauft und in den Himmel über Istanbul geschickt. Die Leute haben sich geändert. Religion, Glaube, Allah, Mitleid, das Heilige Buch: All das gilt ihnen nichts mehr.«

Semih war erregt, seine Halsschlagader schwoll an, als stehe er vor diesem unbarmherzigen, gottlosen Volk von Istanbul und haderte mit ihm. Er ballte die Faust, stieß sie ins Leere, war wie von Sinnen, redete, brüllte: »Schau, Onkel! Schau meine Füße an, wie geschwollen sie sind! Schau sie dir an, Onkel! Von morgens bis abends bin ich herumgelaufen und habe kein Istanbuler Viertel ausgelassen. Aber keiner, nicht ein einziges Geschöpf Gottes, kein Einziger, hörst du? Kein einziger Diener Allahs hat mir im Gedanken an das Paradies einen Zweieinhalb-Lira-Schein in die Hand gedrückt und einen Vogel in den Himmel geschickt, keinen einzigen Vogel! Dieses Istanbul ist gottlos geworden, ungläubig durch und durch ... Schau dir diese Vögel an, Onkel! Noch vor fünf Jahren konnte mein großer Bruder an einem Tag fünftausend von ihnen freikaufen lassen und tausendfünfhundert Lira verdienen. Schau dir meine Füße an, Onkel!«

Er rannte los und kam mit dem großen Käfig zurück, der mit Vögeln prall vollgestopft war. »Schau, Onkel!«, rief er. »Bei Allah, schau! Sind sie nicht wunderschön? Muss nicht jeder, der noch einen Funken Menschlichkeit und Glauben in sich hat, der noch ein bisschen Gottesfurcht verspürt, einen, fünf, zehn, ja vierzig von diesen Vögeln kaufen und freilassen? Was haben denn diese klitzekleinen Vögelchen verbrochen, dass sie so eingepfercht in einem Käfig hocken müssen? Was meinst du, was wird Allah wohl mit denen machen, die das Los dieser Vögel mit ansehen und ihnen nicht die Freiheit schenken? Schau doch, Onkel, in welchem Zustand diese Ärmsten sind, wie sie alles versuchen, um freizukommen, das Herz muss einem bluten. Jeden Tag sterben fünf, sechs, ja zehn von ihnen in diesen Käfigen. So ist es, Onkel! Wir haben diese Armen doch nicht gefangen, um sie zu quälen. Wir haben sie gefangen, damit sie schnell wieder freigelassen werden.«

Seine Stimme klang weinerlich, sein Gesicht war kummervoll verzerrt, es sah aus, als werde er gleich in Schluchzen ausbrechen.

»Versucht es bei den Vogelhändlern in Eminönü und im Blumenbasar!«

»Haben wir schon«, sagte Hayri. »Diese Halsabschneider, diese ehrlosen Betrüger haben für jeden Vogel zehn Kuruş geboten. Hast du schon einmal eine Zehn-Kuruş-Münze gesehen? Sag, wann sind dir zum letzten Mal zehn Kuruş in die Hände gefallen? Ist das überhaupt noch Geld?«

Auch ich war erbost: »Diese Halsabschneider!«

Der Lange kam angelaufen. »Vor drei Tagen habe ich zwei Käfige voller Vögel nach Eminönü getragen. Einer dieser Bärtigen hätte mich beinahe umgebracht, so böse war der fromme Mann. Mit einem Knüppel in der Hand, wie ein wildgewordener Stier … Bei Allah, Onkel, der war wahnsinnig vor Wut. Ich vorneweg, er hinter mir her, und ein Knüppel … so groß! Zweimal sind wir um die Grünanlage gerannt, und wenn ich die Käfige nicht mitten im Park abgesetzt hätte und geflüchtet wäre, der Kerl hätte mich bestimmt totgeschlagen. Sein Bart zitterte, seine Lippen hingen herab, wie der Tod kam er über mich. Wie der Tod! Aber ich weiß, wie ich ihm das heimzahlen werde! Kaum hatte ich die Käfige hingeworfen, legte der Bärtige seinen armdicken Knüppel auf den Boden, knurrte vor sich hin, und während ich zitternd auf der Treppe der Yeni-Moschee stand und zuschaute, setzte er sich neben die Käfige, hob die Hände gegen den Himmel und betete fast eine halbe Stunde lang. Dann öffnete er die Käfige und schickte die Vögel einen nach dem anderen in den Himmel, und für jeden sprach er ein Gebet. Bis mittags murmelte er seine Gebete, ließ Vögel fliegen, und als der Muezzin zum Mittagsgebet rief, nahm er den letzten Vogel und betete besonders lange … Und ich, Onkel, fast wahnsinnig vor Wut, stehe da wie gelähmt, stehe da wie tot und wahnsinnig. Und dann sehe ich, wie der Mann auf die Käfige steigt und sie zertrampelt … Er trampelt und trampelt, bis sie ganz flach sind, und ich stehe da wie wahnsinnig … Denn dieser Kelim, weißt du … Wegen des Kelims hat mich meine Mutter einen Tag lang an den Füßen aufgehängt. Ein Kelim war das, Onkel, so schön, dass ich von morgens bis abends seine Ornamente betrachtete. Die Muster waren so lebendig, Onkel, so lebendig, als flögen sie auf, wenn das Sonnenlicht durch das Fenster auf sie fiel … Eben dieser Kelim …«

»Von welchem Kelim redest du, Langer?«

»Also, Onkel, dieser Kelim …« Der Lange schluckte einige Male und wiederholte: »Also, Onkel, dieser Kelim …«

»Er schämt sich«, sagte Hayri.

»Warum schämt er sich?«

Hayri sah den Langen an, dessen Lippen zitterten und der plötzlich sehr blass wurde. Er brachte kein Wort mehr heraus.

»Wäre das nur nicht geschehen; der Lange hätte das lieber nicht tun sollen«, sagte Semih.

»Was hätte er nicht tun sollen?«

»Na, eben das«, erwiderte Hayri, »das hätten wir nicht tun sollen.«

Im gleichen Augenblick hatte der Lange sich wieder gefangen. Er kam zu sich, reckte seinen Hals, nahm eine trotzige, herausfordernde Haltung an und sagte mit schneidender Stimme: »Ich habe ihn verkauft.«

»Er hat ihn verkauft«, seufzte Semih das Schlitzohr. Von seiner Gerissenheit war in diesem Augenblick nichts zu merken. Sein Blick war voll Trauer, und seine Stimme klang brüchig: »Wir haben ihn verkauft.«

»Der Kelim gehörte seiner Mutter, ein Brautgeschenk, das sie von ihrer Mutter bekommen hatte, ein wertvolles Andenken.«

»Ein sehr schöner Kelim«, seufzte der Lange. Dann sah er Semih an und sagte vorwurfsvoll: »Alles nur seinetwegen, und sein Schnurrbart ist auch nicht echt.«

Schlagartig veränderte sich Semihs Ausdruck, ein gefährliches Funkeln kam in seine Augen. »Pass auf, Langer!«, sagte er. »Mach mich nicht zornig!«

»Na und? Was ändert es, wenn du jetzt zornig wirst?« Der Lange wollte einlenken. »Und wenn du mich umbringst, was ändert es jetzt noch?«

»Ja, was ändert es«, sagte Hayri, »die arme Frau wurde krank, und wer weiß, vielleicht ist sie schon tot.«

»Ich will sterben, sterben, sterben, wenn ich von dem Mann Tante Zares Kelim nicht zurückkaufe«, sagte Semih, und seine Stimme klang weich, voller Liebe und Zuversicht. Dann wandte er sich erwartungsvoll an mich und sagte: »Nicht wahr, Onkel, ich werde ihn zurückbekommen.«

»Wirst du, Semih!«

»Ein Erinnerungsstück«, sagte Semih, »den Wert einer Erinnerung kann man nicht messen. Der Lange hat uns nichts davon erzählt, dass es ein Erinnerungsstück war.«

»Doch, habe ich.« Der Lange versteifte sich. »Euch beiden habe ich es mindestens einen Monat lang ständig erzählt. Warst du es nicht, der vorgeschlagen hat, dass wir ihn klauen und im Kapaliçarşi-Basar verklitschen sollen?«

»Ja, ich wars«, antwortete Hayri aufgebracht. »Na und? Konnte ich denn wissen, dass Tante Zare krank wird? Wenn wir das gewusst hätten …«

» … dann hätten wir den Kelim nicht verkauft«, warf Semih ein.

»Denn die Vögel sind einfach unverkäuflich«, sagte der Lange. »Um einen Kelim, da reißen sich die Leute, aber Vögel will keiner.«

»Die will keiner kaufen«, wiederholte Hayri, das Gesicht immer noch in traurigen Falten.

»Dann eben nicht, Mensch!«, brüllte Semih. »Diese Scheißhaufen! Dann kaufen sie eben nicht.«

Der Hubschrauber, der in Richtung Firuzköy geflogen war, kam zurück. Als er über uns hinwegzog, konnten wir darin die Besatzung erkennen.

»Seht, die Männer da oben!«, rief der Lange.

Die Köpfe im Nacken, beobachteten wir, ebenso wie Tuğrul mit seinen Freunden, wie der Hubschrauber über uns hinwegraste.

»Und dann, Langer?«, fragte ich.

»Nun, ich war wie von Sinnen, Onkel. Von dem Geld für den Kelim kauften wir die Käfige. Ich war wie von Sinnen, weil ich die Augen meiner kranken Mutter immer vor mir sah. So von Sinnen, dass sich alles vor meinen Augen drehte, auch die Minaretts der Yeni-Moschee. Alles drehte sich, und die Welt wurde dunkel, und dann sah ich, wie der bärtige Pilger immer noch wie wild auf den Käfigen herumtrampelte. Wie von Sinnen flog ich die Treppen der Moschee hinunter und ging dem Kerl an die Kehle. Sie konnten mich nicht von ihm losreißen, mit Zähnen und Händen habe ich mich in seine Kehle gekrallt.«

»Sie brachten den Langen ins Krankenhaus«, sagte Semih, »aber in der Nacht hat er sich mit Allahs Hilfe aus dem Staub gemacht.«

»Ein Junge verriet mir, wo meine Kleider lagen. War ein guter Kerl, wirklich, ein guter Kerl.« Der Lange biss die Zähne zusammen. »Den Mekkapilger werde ich töten«, zischte er hasserfüllt. »Ich werde ihn töten.«

»Keine Angst, Onkel«, beruhigte mich Semih. »Er wird ihn nicht töten. Er ist jetzt nur wütend. Die Vögel werden etwas Geld einbringen, und er wird niemanden töten.«

»Ich töte ihn!« Der Lange ballte die Fäuste und knirschte mit den Zähnen. Seine Augen traten noch weiter aus den Höhlen. »Ich werde ihn töten.«

»Lass dich von ihm nicht täuschen«, sagte Hayri, »der kann keine Ameise töten. Säßen wir nicht hier, würde er aus Mitleid alle diese Vögel freilassen. Du kannst dir nicht vorstellen, Onkel, was der für ein weiches Herz hat.«

»Die Vögel würde ich freilassen, aber den Pilger werde ich töten, und seine Leiche werde ich mitten auf dem Platz vor der Yeni-Moschee verbrennen.«

»Hör nicht auf ihn, Onkel«, sagte Semih und sah, mit beschwörenden Blicken auf mich deutend, den Langen an. »Warum soll ichs vor dem Onkel verheimlichen?«, sagte da der Lange ganz ruhig. »Warum soll ich vor Allahs Diener verheimlichen, was Allah schon weiß? In diesem Winter werde ich den Haci töten.«

»Dann töte ihn!«, schrie Semih wütend. »Töte ihn, und verfaule dann in Zuchthäusern! Verfaule, damit Tante Zare diesmal vor Gram so krank wird, dass sie stirbt.«

»Dann soll sie eben sterben«, erwiderte der Lange. »Dann soll auch sie sterben. Wäre diese Kurdin doch nicht so arm gewesen. Ich werde den Pilger töten. Ich werde ihn töten.«

»Armut kommt von Gott«, sagte Hayri.

»Tssst!«, schnalzte der Lange. »Als hätte Allah je Geld gehabt.«

»Schweig!«, schimpfte Semih. »Du redest wie ein Heide.«

Ruhig und kalt antwortete der Lange: »Stimmt, ich bin ein Giaur geworden.«

Hayri drehte sich zu mir um: »Hör nicht auf ihn, Onkel, er lügt. Er ist kein Giaur. Seine Sippe ist kurdisch.«

»Ich bin ein Giaur!«, frohlockte der Lange. »Und was für ein Giaur. Wie schön, ein Giaur zu sein!«

»Fick dich zum Teufel, Mensch!«, sagte Semih. »Jetzt reicht es. Onkel, hör nicht auf den da!«

Der Falke war wieder etwas näher gekommen und kreiste jetzt links von der Platane über dem öffentlichen Strand. Doch dann flog er pfeilschnell zum Wald hinauf, und für eine Zeit lang hatten wir ihn aus den Augen verloren. Der Lange sah zu Tuğrul und seinen Freunden hinüber. »Hast du gehört, Onkel? Er hat zweimal kurz gepfiffen. ›Tschik, tschik‹, und im Flug den Kopf gedreht. Ein schlechtes Zeichen, ein Unglück kommt über die Menschen. Und schau, wie die da drüben uns anstarren. Als wollten sie uns fressen.«

»Na und? Lass sie doch gucken.«

»Gucken schon, aber …«

»Sie tun euch doch nichts.«

»Sie bereiten etwas vor!«

»Woher weißt du das? Woran kannst du das erkennen?«

»An ihren Augen«, antwortete der Lange. »Sie blicken böse, hinterhältig, feindselig. Sie sollen uns nur anmachen, dann gnade ihnen Gott!« Die letzten Worte stieß er mit lauter Stimme hervor. »Gnade ihnen Gott, es wird ihnen schlimmer ergehen als dem Pilger.«

Semihs Augen suchten ununterbrochen Floryas Himmel ab, aber der Falke blieb verschwunden. Der Lange drehte fast durch vor Zorn. Er rannte hin und her, öffnete und schloss die Klappen der Käfige, scheuchte die Lockvögel auf, prüfte die Netze, riss lange Disteln aus dem Boden und legte sie in das Gestrüpp über den Netzen. Dann brachte er eine Karde, deren große gelbe Blüte noch nicht abgefallen war, und steckte sie mitten hinein.

An jenem Tag hatten die Jungen bis zum Abend eine Unmenge Vögel gefangen; so viele, dass kein Platz mehr in den Käfigen war. Diese waren so voll, dass die Vögel nicht einmal mehr mit den Flügeln schlagen konnten. Einer hockte auf dem anderen, und der Lange stopfte immer noch einige dazu.

»Sollen sie doch sterben!«, wütete er, während er noch ein paar Vögel zu den anderen steckte, deren Flügel schon zwischen den Drahtmaschen heraushingen. »Sollen sie doch sterben! Sind sie etwa meines Vaters Eigentum? Und durch die Schuld der Istanbuler wird es ihrer Stadt wie Van ergehen.«

»Wie Van … Grausamer noch als die Leute von Van wird Allah diese Menschen heimsuchen«, sagte Semih. »Sieh doch, Onkel, in welch erbärmlichem Zustand die Vögel sind. Es dauert keine zwei Tage, und sie sind alle tot. Früher waren die Menschen gut; die alten Vogelfänger erzählen, dass sie am Tag tausend und noch mehr Vögel verkauften. Du kennst doch das große Mietshaus ›Zum Vogelhändler‹. Es gehört einem Vogelfänger wie wir. Früher machten sie allein vor der Neuen Moschee fünf

Käfige leer. Damals gab es ja auch noch nicht so viele Autos.«

»Sie werden sterben! So eingezwängt, werden sie sterben!«, platzte ich heraus.

»Natürlich werden sie sterben«, sagte Hayri achselzuckend und steckte seine Hand zwischen seine Schenkel. »Sie werden sterben, und wenn sie tot sind, dann wirst du schon sehen, wie es Istanbul ergeht. Es wird so ein Erdbeben geben, so ein Erdbeben, dass kein einziges Haus stehen bleibt. Kein Stein wird auf dem anderen bleiben; und ihre Autos in Stücken, in hunderttausend Stücken!«

»Schade!«, sagte der Lange. »Schade, wirklich schade! Schade um Istanbul; es wird zusammenstürzen. Und nur weil die Leute so schlecht sein müssen. Wegen dieser winzigen Vögel wird Istanbul einstürzen wie die Stadt Van.«

»Mir bricht das Herz, wenn ich diese Vögel sehe«, sagte Selim.

»Wie können Menschen so unmenschlich sein. Van sank auch wegen solcher Vögel in Schutt und Asche; über seine Ruinen fegen jetzt die Winde hinweg; Tante Zare hat es erzählt.«

»Wer ein Mensch ist, dem bricht das Herz, wenn er diese Vögel sieht«, bestätigte ich.

»Warum haben die Menschen das Menschliche so völlig vergessen? Wenn der Kelim nicht wäre ... Wir werden den Kelim zurückholen. Und Tante Zare wird glücklich sein, glücklich wie noch nie. Auf dieser Welt gibt es keinen besseren Menschen als Tante Zare. Wenn wir jetzt hingingen an ihr Krankenbett und ihr diese armen Vögel zeigten, würde sie aus Mitleid alles Menschenmögliche tun, sogar ihr Haus verkaufen, und jeden Vogel, einen nach dem anderen, kaufen und in die Luft werfen, und alle würden davonfliegen, es wäre wunderschön …«

»Ja, wunderschön!«, bestätigte der Lange. »Ach, meine Mutter!« Seine Augen wurden feucht, und er drehte den Kopf zur Seite.

»Ach, Tante Zare«, sagten Semih und Hayri.

Semih richtete seine Augen auf mich und sah mich lange an. »Fangen diese Falken viele Wachteln?«, fragte er schließlich.

»Hasan Kaptan sagt, dass sie viele fangen.«

»Wie viele?«

»Woher soll ich das wissen? Er sagt, dass die Vögel nachts vom Schwarzen Meer nach Rize kommen sie sind durch den Regen geflogen, sind müde, ihre Flügel sind klatschnass. Die Fänger stellen dann am Ufer Lichter auf, und die Vögel fliegen zum Licht und lassen sich dort nieder. In regnerischen Nächten, mit nassen, schweren Flügeln. Sie brauchen sie nur aufzusammeln.«

»Wie wir«, sagte Hayri.

»Und die Falken?«, fragte der Lange.

»Mit den Falken jagen sie am Tage. Die Falken sind schnell und die Wachteln schwerfällig. Sie lassen die Falken auf die Wachteln los, und die Falken stürzen sich auf sie. Hasan Kaptan sagt, dass ein Falke nicht so schnell müde wird. Aber man muss ihm das Jagen beibringen, damit er nicht flüchtet, wenn er losgelassen wird, und damit er die Beute nicht zerfleischt.«

»Ali Schah ist ein guter Lehrmeister. Er wohnt in Dolapdere. Meinem Vogel wird er das Jagen auch beibringen, nicht?«, sagte Semih.

»Oho, einen Mann wie Ali Schah gibt es kein zweites Mal!«

»Meinen Vogel hat Hasan Kaptan das Jagen gelehrt.«

»Was ist aus deinem Vogel geworden?«, fragte Semih aufgeregt.

»Ich habe ihn freigelassen.«

»Hat er auch Wachteln gefangen?«

»Massenhaft«, antwortete ich.

»Was kostet eine Wachtel?«, fragte Hayri.

»Sie sind teuer«, erwiderte ich, »vielleicht fünfzehn oder zwanzig oder auch fünfundzwanzig Lira; so genau weiß ich es nicht. Ich habe die Wachteln, die mein Falke fing, ja nicht verkauft.«

Der Lange leckte seine Lippen.

»Großartig«, sagte er.

Auch Hayri holte tief Luft: »Großartig!«

Der Lange schrie vor Freude auf: »Seht! Seht!«, jubelte er und zeigte in den Himmel. »Es sind jetzt drei … Und alle drei …«

Im selben Augenblick rannte er an die Zugleine, und Hayri zog an den Schnüren, sodass die Lockvögel auf- und niederflatterten.

Bis der Tag zur Neige ging, schauten sie in den Himmel hinauf, warteten, dass sich die kreisenden Vögel auf die Köder stürzten. Aber nichts geschah. Die Falken kamen wohl ein- oder zweimal herabgeschossen, als wollten sie die Lockvögel greifen, änderten aber knapp über dem Netz die Flugrichtung, und als den Jungen das Herz schon bis zum Halse schlug, zogen die Vögel auf und davon.

Als es dunkel wurde, zündeten sie vor dem Zelt ein Feuer an, und während sie sich in einem rußgeschwärzten Topf eine Suppe kochten, schimpften und fluchten die drei in einem fort über das ungläubige, gottlose, heidnisch gewordene, hartherzige Volk von Istanbul.

Nach einer Weile hob Semih den Kopf: »Sie tun mir leid, Onkel, mein Herz wird schwer. Sieh dir diese winzigen Vögel an. Wer weiß, wie viele von ihnen morgen früh tot sind, welch ein Elend!«

»Oh!«, seufzte der Lange. »Der Schmerz um diese

Vögel bricht mir das Herz. Hätten wir noch einen großen Käfig und genügend Futter, würden sie vielleicht nicht sterben … Morgen früh sind sie alle tot.«

»Sie werden sterben«, sagte Hayri.

»Onkel!« Semih sah mich an, sein Gesicht und der falsche Schnurrbart schimmerten rötlich im Schein des Feuers. »Onkel, du denkst dir jetzt sicher: ›Wenn ihr mit den Vögeln so viel Mitleid habt, warum fangt ihr denn so viele und steckt sie obendrein noch so eng in den Käfig?‹ So ist es doch, nicht wahr?«

»So ist es«, antwortete ich.

»Sieh, Onkel: Es ist unser Beruf, unsere Arbeit, diese Vögel zu fangen. Das ist unsere Aufgabe. Wir sind Vogelfänger und kommen hierher, um Vögel zu fangen. Wir haben diese Sitte nicht erfunden, das ist so seit Menschengedenken: Die Vogelfänger jagen die Vögel, und die Leute von Istanbul kaufen sie frei.«

»So ist es«, sagte ich.

»Siehst du! Und alle diese Vögel werden vielleicht bis morgen früh in diesen Käfigen sterben.«

»Wer weiß, vielleicht auch nicht.«

»Sieh, Onkel«, fuhr Semih fort, »vielleicht überleben sie diese Nacht; was geschieht aber, wenn wir morgen nochmals fünfhundert fangen und in diese Käfige stecken?«

»Dann wird es schwierig.«

»Dann wird es schwierig«, wiederholten alle drei nachdenklich und senkten die Köpfe.

»Hört zu!«, sagte ich, und augenblicklich hoben die drei den Blick und sahen mich an. »Hört zu, ich werde euch jetzt hundert Lira geben, und ihr kauft mit diesem Geld einen neuen, großen Käfig.«

»Das geht nicht«, sagte Semih.

»Warum?«

»Was sollen wir mit deinem Geld. Wir haben dich erst heute kennengelernt.«

»Erst heute«, wiederholte der Lange.

»Ja, erst heute, und das geht nicht«, bestätigte Hayri. »Es gehört sich nicht, wir sind doch keine Bettler!«

»Nein, das seid ihr nicht. Aber ich sage mir: Früher oder später werdet ihr den Falken fangen, also nehmt das Geld im Voraus.«

»Morgen in aller Frühe werden wir ihn fangen!«

»Noch bevor diese Helläugigen da sind!«

»Noch bevor sie da sind!«, bestätigte der Lange.

Da blickten wir vier zu Tuğrul und seinen Freunden hinüber. Sie saßen auf ihren Plätzen, regungslos, das Kinn auf den Knien.

Als ich hundert Lira hervorzog, lachten alle drei. Dann erhob ich mich, und wie von Taranteln gestochen, sprangen sie gleichzeitig auf.

»Bleibt gesund!«

»Morgen früh!«, rief Semih mir nach. »Komm morgen früh, und drei Falken gehören dir. Und was für Falken! Drei schnelle Greife. Ein jeder von ihnen wird hundert Wachteln am Tag fangen, bestimmt!«

Während der nächsten drei oder vier Tage war ich verhindert und konnte nicht in die Ebene von Florya hinaus. Ich war sehr gespannt, ob es ihnen gelungen war, den Falken zu fangen.

An jenem Morgen weckte mich das gleichmäßige Tuckern eines mit Kies beladenen Lastkahns, der, von See kommend, nach Ambarli fuhr. Der Himmel war hell und klar, die Sonne musste jeden Augenblick hinter den Minaretten aufsteigen, ihr Licht berstend über die Stadt ergießen, deren dumpfes Dröhnen bis hierher drang, ein monotones Stöhnen. Ich verließ das Haus und wanderte bis zu den Palmweiden. Die Mandelbäume am Wege würden bald ihre Blätter abwerfen. Aus den dornigen Büschen schallte höllisches Vogelgezwitscher, und eine unglaubliche Menge winziger Vögel, gelbe, graue, rote, braune, grünliche und blaue, flog von einem Gesträuch zum anderen.

In Jahren, wenn die Karden mächtig,
Wenn ihre Blüten reich und prächtig,
Wenn Schnee und Regen reichlich fiel,
Schwirren Vögel herbei wie zum letzten Gericht,
So viele; die Käfige fassen sie nicht.

In solchen Jahren muss man sie gesehen haben, die Burschen von Florya, von Cennet Mahalle, von Yeşilyurt und Şenlikköy, wie sie an Herbsttagen, mit nagelneuen, blitzsauberen Hosen, Jacken und Schuhen, gekauft von selbst verdientem Geld aus mühevoller Vogeljagd, wie sie an den Mädchen von Basinköy und Florya vorbeiflanieren. In solchen Jahren, wenn die Karden kräftig wachsen, wenn ihre Blüten Floryas Ebene bis in den letzten Winkel üppig bedecken, beschert der Herbst auch Kardensamen im Überfluss. Und die kleinen Zugvögel sind verrückt nach ihnen. Darum fallen sie wie Bienenschwärme in Floryas Ebene ein, gehen zu Hunderten, zu Tausenden auf die dürren, kupferrot flammenden Stauden nieder.

In der Ebene schallt dann ohrenbetäubendes Gezwitscher, versinken die Sträucher in einem gelb, rot, grau und grün brodelnden Meer von berstenden Farben, in einem Strudel pfeilschnell hin und her schwirrender Vögel …

Schon nach einigen Minuten erreichte ich das

Zelt. Sie saßen da mit verkniffenen Lippen, und Semih war nicht zu sehen. Der Lange mit verbundenem Kopf, voller Kratzer und Wunden, seine Hände schimmerten rötlich von geronnenem Blut. Auch Hayris Gesicht war arg zerkratzt, eine tiefe Wunde zog sich über die Stirn bis zur Augenbraue, und seine Hose hing in Fetzen.

Sie hockten stumm vor ihrem Zelt und hoben bei meiner Ankunft nicht einmal die Köpfe. Ich blickte nach rechts hinüber.

Tuğrul und seine Freunde waren nicht da.

Ich setzte mich zu den beiden ins Gras.

»Na, erzähl schon, was ist geschehen?«

Der Lange wendete langsam den Kopf und sagte mit gespielter Gleichgültigkeit: »Nichts. Gar nichts.«

»Gar nichts«, wiederholte Hayri.

Ich besah mir die Käfige. Sie waren so voll, dass auch der kleinste Vogel nicht mehr Platz gehabt hätte.

Als der Lange bemerkte, dass ich die Käfige betrachtete, huschte ein Freudenschimmer über sein Gesicht. »Es regnet Vögel vom Himmel«, sagte er. »Bei meiner Mutter! Das habe ich noch nicht erlebt. Vom Ziehen der Netze wurden Hayri und mir die Arme lahm. Sieh dir diese Käfige an!«

Kurz darauf stieg unten am Bahnhof ein Schwarm

Vögel auf. Als er über uns war, teilte er sich in zwei Hälften. Die eine ging auf das Kardengesträuch unserer Jungen nieder,

»Sollen sie doch!«, rief der Lange. »Wir pfeifen drauf! Dieses gottlose Istanbul kauft sie doch nicht!« Er knirschte mit den Zähnen, seine Gesichtshaut spannte sich. »Gottlos! Tausendmal gottlos!«, fiel Hayri ein und spuckte kräftig auf den Boden. »Gottlos!« wiederholte er und biss die Zähne zusammen.

»Na?«, fragte ich und zeigte auf seine Wunden. »Und was ist mit Semih?«

»Frag mich nicht«, antwortete der Lange. »Der ist weg.«

»Warum?«

»Er ist weg.«

Ich deutete mit dem Kopf zu Tuğruls Platz hinüber. Der Lange knirschte erneut mit den Zähnen, stand auf und setzte sich wieder hin.

»Los, Langer, erzähl schon!«, bat ich.

Als habe er eine gute Nachricht, lachte er mich an und sagte: »Deinen Falken haben wir vor drei Tagen gefangen, kaum warst du fort.«

»Und?«

»Offensichtlich hat er so lange gewartet, denn du warst gerade gegangen, als er dort oben« – dabei zeigte er in den Himmel über der Pappel – »wie festgenagelt verharrte. Er rüttelte und rüttelte; dann zog er plötzlich die Flügel an und schoss wie der leibhaftige Zorn auf den Lockvogel herunter. Aber kaum hatte er ihn in seinen Fängen, zog Semih das Netz über ihn. Wäre ich nicht mit zwei Sprüngen beim Netz gewesen, hätte er es zerfetzt und wäre auf und davon. Semih nahm mir den Vogel sofort aus den Händen ...«

Plötzlich entstand eine eigenartige Stille. Der Lange will etwas sagen, er schluckt, sieht mich an, lange, sein Hals streckt sich, er ist erregt, bringt aber kein Wort über die Lippen.

Schließlich konnte ich mich nicht mehr zurückhalten und fragte: »Was ist los, Süleyman? Was geht hier vor?«

Er begann richtig zu schwitzen, das Blut pochte in den Adern seines langen Halses: »Weißt du, was Semih gesagt hat, als er den Vogel wegnahm?«

Dann schwieg er wieder; es fiel ihm offensichtlich schwer, weiterzusprechen.

»Woher soll ich das wissen?«

Der Lange gab sich einen Ruck, während Hayri auf den Boden starrte. »Weißt du, was er gesagt hat? ›Das ist mein Vogel‹, hat er gesagt. ›Ich habe diesen Vogel so lieb gewonnen, das kannst du dir nicht vorstellen. Ich werde diesen Vogel niemandem geben‹, hat er gesagt. Ja, genau so hat ers gesagt.«

»Und dann?«

Jetzt hob auch Hayri den Kopf. »Mit diesem Semih ist nichts los. Er ist eben kein Mann«, platzte es aus ihm heraus, schnell und wütend. Dann schwieg er mit hochrotem Kopf und starrte wieder vor sich hin. Doch plötzlich schnellte er hoch, kehrte uns den Rücken zu und sagte: »Zum Kotzen!« So stand er eine Weile da, verwirrt und ratlos. »Zum Kotzen!«, wiederholte er, hockte sich wieder hin, umschlang seine Beine, zog sie fest an sich und presste das Kinn auf seine Knie.

»Welche Schande!«

»Und was habe ich ihm gesagt?«, fuhr Süleyman fort. »Mensch, Semih, habe ich gesagt, das können wir doch nicht machen. Wir haben von dem Onkel doch Geld angenommen! Gehört dieser Vogel nicht ihm? Verdammt, diese Schande, handelt so ein Mann?«

»Weißt du, was ich ihm noch gesagt habe?« Seine Stimme zitterte. »Semih, hab ich gesagt, Semih! Mensch! Kann ein Vogel, für den wir schon Geld genommen haben, überhaupt noch dir gehören?«

»Zum Kotzen!«

»Und wenn wir diesen Vogel dem Onkel nicht geben, dann kann doch kein Mensch mehr einem Menschen trauen ... Genau das habe ich ihm gesagt. Semih, habe ich gesagt, wir fangen noch einen, und den bekommst du ... Und er hat geantwortet: Verdammt, den nächsten Vogel, den wir fangen, bekommt der Onkel. Diesen hier hat mir die Vorsehung geschickt … Es ist eine Schande, es ist zum Kotzen, sagte ich noch einmal … Gibt es denn keinen Anstand mehr auf der Welt? Und während wir uns stritten, saßen diese Typen dort, auch der mit den graublauen Augen.«

»Graublau!«, sagte Hayri mit zusammengebissenen Zähnen. »Graublau!«

»Ja, sie hatten ihre graublauen Augen aufgerissen, sieh! So weit!« Die Augen des Langen schienen aus den Höhlen zu springen. »So starrten sie uns an. Weißt du, warum sie von morgens bis abends da sitzen und zu uns herüberstarren?«

Ich wurde neugierig: »Warum?«

»Sie sind gespannt darauf, wann wir diesen Vögeln die Köpfe umdrehen, sie braten und aufessen. Darauf warten sie. Wir sind hungrig, aber eher würden wir verhungern, als dass wir sie zu Kebab machen und aufessen.«

Entsetzt, in der Aufregung alles verraten zu haben, versuchte er, mit belanglosem Gerede abzulenken. »Von den hundert Lira haben wir fünfzig für den Käfig ausgegeben. Na ja, wir haben ihn gekauft, was hätten wir sonst tun sollen? Und die restlichen fünfzig hat Semih behalten. Er hat sie uns nicht zurückgegeben.«

»Das heißt, ihr konntet kein Brot kaufen.«

»Doch, doch, wir haben viel Brot gekauft, und ich habe mich heute richtig satt gegessen. Oliven und Brot, Käse und Brot … Hayri ging nach Menekşe und brachte frisches Brot. Es war so frisch und noch ganz warm, mmmh! Mir brannten die Finger, so warm war es, so frisch.«

Verzückt hatte er die Augen geschlossen. »Nicht wahr, Hayri? Vor lauter Futtern ist mein Bauch ganz dick geworden, stimmts, Hayri? Sind wir nicht rundherum satt geworden, Hayri? Der Bäcker dort, du weißt schon, gibt Hayri immer das frischeste Brot. Auch wenn er ausverkauft ist, hebt er im warmen Backofen immer Brot für uns auf. Und wir bringen ihm jeden Tag fünf riesengroße Grünlinge. Das Brot war noch ganz warm, nicht wahr, Hayri?«

Hayri hob den Kopf und sah mich an. Sein Blick war hart und zornig, seine Augen schimmerten feucht. »Ganz warm«, sagte er nur, und seine Stimme klang traurig.

»Wir haben gegessen«, wiederholte Süleyman. Hayri lächelte. Jetzt versuchte ich, dem Gespräch eine andere Wendung zu geben: »Und dann?«

Dankbar streckte Süleyman seinen langen Hals. Wie ein Ertrinkender an einen Rettungsring klammerte er sich an diese beiden Worte.

»Und dann, Onkel, und dann ging Semih in das

Zelt, nahm einen Käfig voller Vögel, trug ihn hinaus und ließ die Vögel frei. Als die Vögel weggeflogen waren, wollte er den Falken, den er in seinem Arm hielt, in den leeren Käfig stecken. Und dabei geschah es: Der Falke hackte und zerkratzte ihm Gesicht und Hände. Semih war voller Blut. Hände, Gesicht, sogar die Haare waren blutrot, nicht wahr, Hayri?«

Hayri kniff die Augen zusammen, sie sahen jetzt aus wie richtige Dreiecke. Ohne den Kopf zu heben, sagte er: »Blutrot!«

»Aber schließlich gelang es Semih, den Vogel in den Käfig zu sperren und ...«

Die Brust des Falken schimmerte in bläulichem Grau, sein Schnabel war steinhart, und er hatte kastanienbraune Flügel. Es war ein mächtiger Greifvogel, wild, stark, voller Lebenskraft und mit funkelnden Augen. In dem großen Käfig eingepfercht, versuchte er seine Schwingen auszubreiten; dabei schnellte ein Flügel durch die Verdrahtung und blieb so hängen, während der andere sich unter dem Gewicht seines Körpers krümmte. Kaum hatte Semih den Vogel im Käfig eingeschlossen, rannte er, ohne das Blut abzuwischen, in seinem zerfetzten

Hemd los und baute sich, blutverschmiert, wie er war, vor dem mit den graublauen Augen auf. Auf der einen Seite sechs Burschen, kräftig wie Maultiere, und ihnen gegenüber Semih, ganz allein; so standen sie sich unter der Pappel eine Weile gegenüber, stumm, mit geballten Fäusten.

Semih eröffnete die erste Runde.

»Verdammte Kerle, was wollt ihr eigentlich?«, schimpfte er. »Was stiert ihr seit Tagen zu uns herüber, als wollt ihr uns fressen! Was soll das? Habt ihr verdammten Kerle noch nie Menschen gesehen?«

»Doch, haben wir«, erwiderte Tuğrul.

»Und ein verdammter Kerl ist dein Vater«, ergänzte Hüseyin.

»Lasst euch mit diesem Unglücksraben auf keinen Streit ein!«, sagte Erol der Fischer. Seine Kleider waren mit Schuppen übersät, und er stank auch aus fünf Metern Entfernung noch nach Fisch.

»Unglücksraben sind deine Ahnen samt deiner ganzen Sippschaft«, antwortete Semih mit geballten Fäusten, die Schultern hochgezogen. »Du grauäugiger Unglückshund! Seit wir hier sind, hast du diese widerlichen Augen auf uns gerichtet und beobachtest uns, du Hure aus Menekşe!«

»Wir beobachten euch nicht«, mischte sich Hüseyin wieder ein.

»Wir sind hergekommen«, sagte Erol der Fischer,

»um zu sehen, wie ihr vor Hunger krepiert, weil niemand eure Vögel kauft.«

»Ihr stinkt nämlich schon vor Hunger aus dem Hals«, ergänzte Tuğrul.

»Wir haben sehr, sehr viele Vögel«, ließ sich da der lange Süleyman vernehmen, der sich an Semihs Seite gestellt hatte. »Was geht es denn euch weiche Muttersöhnchen an, wenn wir vor Hunger krepieren? Oder meint ihr, dass eure Mütter ihr Dingsda mit Henna färben aus Trauer über uns? Da brauchen sie sicher viele Kerzen, um so viel Henna zu verbrennen, mindestens sechsunddreißig!«

»Mindestens!«, kicherte Semih, unter dessen blutverschmiertem Gesicht kaum zu erkennen war, dass er grinste. »Denn bei den Dingsda, die ihre Mütter haben, reichen sechsunddreißig Kerzen nicht aus, ich schätze, dass sie Henna für dreihundertachtzig Kerzen brauchen.«

Diese großartige Beschimpfung verschlug den anderen erst einmal den Atem. Krampfhaft suchten sie nach noch deftigeren Worten, um diese Beleidigung, die Semih, das Schlitzohr, soeben in die Welt gesetzt hatte, zu übertrumpfen. Und während sie sich die Köpfe zerbrachen, zog Semih vom Leder und schimpfte, was das Zeug hielt.

Tuğrul schluckte und schluckte, suchte nach Worten, versuchte sich eine Antwort zurechtzulegen; aber es wollte ihm nicht gelingen. Schließlich machte er einen letzten verzweifelten Versuch. »Ihr!«, stieß er hervor. »Ihr, ihr …«

»Was ist mit uns?«, ermunterte ihn Semih, um den Streit anzuheizen.

»Ihr, ihr werdet vor Hunger diesen kleinen Vögeln die Köpfe umdrehen und einen Vogel nach dem anderen auffressen.«

Da lachte Semih laut und durchdringend: »Natürlich werden wir sie essen, warum denn nicht? Haben wir diese Vögel etwa nicht gefangen? Also werden wir hier ein Feuerchen machen, und ihr habt ja keine Ahnung, wie gut sie uns schmecken werden, die Distelfinken und Grünlinge, gegrillt in der glutroten Asche, mmmh! Ihr habt ja keine Ahnung!« Dabei schnalzte er mit der Zunge.

»Wir haben diese Vögel schließlich für unser süßes Leben gefangen, damit wir sie verspeisen können, also werden wir sie aufessen.« Beim Wort »aufessen« schnalzte er wieder mit der Zunge.

»Wir werden sie aufessen!« Auch der Lange fing an, wie Semih zu schmatzen. Desgleichen Hayri.

Ihre Gegner standen verdutzt und sprachlos da. Schließlich rief Tuğrul: »Sie werden sie essen! Welche Schande! Sie werden diese klitzekleinen Vögelchen essen, pfui!«

Daraufhin Hüseyin: »Sie werden sie essen, pfui!«

Und schließlich Erol der Fischer: »Diese Vögelchen essen! Wilde Tiere sind sie, pfui!«

»Ja, wir werden sie essen, mmmh, wie schöööön!«

Das ging so eine Weile hin und her. »Pfui!« und »Schande!«, riefen die einen, »Mmh!« und »Ausgezeichnet!« die anderen, bis sie das schließlich nicht mehr spannend fanden. Dann, ganz plötzlich, keiner wusste, wie, hatten sich die drei mit den sechsen ineinander verkeilt, und auf der Ebene von Florya wurde eine kleine Schlacht ausgetragen. Es war vorauszusehen, dass die drei die sechs »Muttersöhnchen« in Bedrängnis bringen würden. Zu oft hatten sie sich schon ihrer Haut wehren müssen, waren in zahllosen Kämpfen abgehärtet.

Und plötzlich ertönte unter der Pappel ein lang gezogener Schrei, der bis Basinköy, bis Menekşe, ja bis Şenlikköy hallte.

Semih hatte sein Messer gezogen und kreiste inmitten der Kampfstätte. Wie Haselhühnerküken stoben die Jungen auseinander, rannten hierhin und dorthin, irre vor Angst …

Ja, Onkel, so war es. Semih spuckte noch dreimal hinter diesen Feiglingen her. Dann ging er zum Brunnen, wusch sein Gesicht, steckte das Messer wieder ein, holte den Falken aus dem Käfig, fesselte ihm die Beine und machte sich auf den Weg. Ohne mir und Hayri ein Wort zu sagen, zog er davon. Sag, Onkel, ist das Freundschaft? Ist das Menschenwürde?«

»Ja, das ist es«, sagte Hayri wütend.

»Wie denn, Mann?«, fragte Süleyman verblüfft, mit hervorquellenden Augen und gerecktem Hals. »Verdammt, wenn schon Semih so handelt, gibt es keine Menschlichkeit mehr in dieser Welt.«

»Semih wird zurückkommen«, erwiderte Hayri mit Überzeugung und Zuversicht. »Er wird zurückkommen. Und wie er kommen wird.«

»Ich weiß auch, dass er zurückkommen wird, Semih ist kein Ludenjunge; aber, Onkel, wegzugehen ohne ein Wort? Uns einfach so den Rücken kehren und gehen?«

»Schweig endlich!«, fuhr Hayri ihn an. »Ich sage dir, du sollst den Mund halten, und ich habe dir gesagt, dass er zurückkommen wird.«

Süleyman lenkte ein: »Natürlich wird er zurückkommen. Und morgen werde ich für den Onkel einen Falken fangen.«

»Macht euch deswegen keine Sorgen, auch wenn ihr keinen fangen solltet.«

»Keine Sorgen machen? Welch eine Schande!«, entrüstete sich Süleyman.

»Das geht nicht. Eine Schande wäre das!«, wiederholte Hayri.

»Wenn es so ist, Kinder, hier sind noch einmal hundert Lira. Ihr kauft noch zwei große Käfige, und den Rest ...«

»Nein, das geht nicht«, widersprach entschieden der Lange.

»Nein, das geht nicht«, sagte auch Hayri mit Nachdruck. Sie waren entschlossen, das Geld nicht anzunehmen, ich dagegen hatte mir fest vorgenommen, es ihnen zu geben. Nach langem Hin und Her gewann ich die Oberhand und steckte Hayri das Geld in die Tasche.

»Komm morgen und hol deinen Vogel ab!«, sagte Süleyman.

»Küsse meine Leiche, wenn du morgen früh deinen Falken nicht bekommst. Unter diesen Karden werde ich dreißig, vierzig, fünfzig, nein, sechzig Lockvögel aufreihen, und jeder Falke, der sie erspäht, wird sich auf sie stürzen, jeder!«, rief Hayri.

»Gut so!«, antwortete ich. »Und ich werde jetzt nach Menekşe gehen und mich bei den alteingesessenen Vogelhändlern erkundigen, wie sie ihre Vögel verkaufen; denn im Fangen seid ihr sehr geschickt, aber vom Verkaufen versteht ihr nichts.«

»Nein, davon verstehen wir nichts«, sagten beide gleichzeitig.

Und wirklich: Auf Floryas Ebene regnete es Vögel. Als ich den Weg durch die dichten Karden hinunter nach Menekşe zum Kaffeehaus einschlug, stoben Hunderte kleiner Vögel von den Stauden wie platzende Maiskörner vom Rost. Woher kamen sie nur, und wohin flogen sie, zu welchen Kardenfeldern, wenn sie von September bis in den Januar hinein hier überwintert hatten? Im Januar nämlich können sich die Karden in der Ebene von Florya nicht mehr aufrecht halten. Stürmische Böen fallen ins Land: Der Steife Poyras, der Schwarze Nordost und auch der Lodos, der das Meer mit Schaumfetzen bedeckt, knicken sie an der Wurzel, wirbeln sie hierhin und dorthin und verstreuen ihre Samen über den Erdboden. Die Natur, diese Zauberin, vollbringt die unglaublichsten Dinge. Wer weiß, wohin diese daumengroßen Vögel fliegen, die von den Netzen der jungen verschont geblieben sind, wer weiß, wo sie ihre Nester bauen und ihre Eier legen, nachdem sie Berge und Steppen, Meere und Wüsten überwunden haben? Wir können nur fassungslos staunen vor der Macht jenes Zaubers, der diese schillernden Farbtupfer zu Tausenden in den Himmel schleudert zu einem auf- und niederwogenden Meer brodelnder Farben …

Ich ging zum Kaffeehaus hinunter. Die Fischerboote lagen vertäut unter der Brücke. Dort entdeckte ich Mahmut. Mahmut war hier geboren und aufgewachsen. Er kannte diese Gegend von Menekşe bis Çekmece, von Ambarli bis zur Langen Höhle, kannte den See und das Meer mit allen Baken und Leuchtfeuern wie seine Handflächen. Er konnte, ohne nachzudenken, die Namen von zehn oder zwanzig dieser kleinen Vögel aufzählen und ihre Farbe, Stimme, Augen und Schnäbel bis ins Kleinste beschreiben. Sein Alter war ihm nicht anzusehen; aber er war wohl um die sechzig. Die Hände hinter dem Rücken verschränkt, ging er oft den Strand entlang, ohne mit jemandem auch nur ein einziges Wort zu wechseln; an manchen Tagen von Morgengrauen bis Sonnenuntergang.

»Sei gegrüßt!«, rief ich.

»He, sei gegrüßt!«, antwortete er. Mahmut spürte, dass ich etwas von ihm wollte. Er blieb stehen und wartete, bis ich bei ihm war.

»Lass uns bis Yeşilköy gehen, ich will dich einiges fragen.«

»Gehen wir!«, sagte er.

Wir marschierten los. Wie ein Jubelschrei barst plötzlich Freude in seinem Gesicht und brachte es zum Leuchten. Seit ich denken kann, bin ich niemandem begegnet, der wie dieser gute Mann so aus vollem Herzen und tiefster Seele lachen konnte, der seine Mitmenschen so restlos mit seinem heiteren Wesen anstecken konnte, dass sie vor Freude fast zersprangen. Helligkeit durchströmte mich, und mein Herz schlug höher. Der Schmutz und Moder Istanbuls, sein ätzender Neid, seine verletzenden Bösartigkeiten fielen von mir ab, und ich fühlte mich wie neugeboren. Leben sollst du, Mahmut! Gesund und glücklich bis ans Ende aller Tage! Mit deiner Bescheidenheit, mit deinem Lachen, das aus deinem Herzen, aus deinen Adern strömt; leben sollst du, Mahmut, mein guter Freund!

Und es muss wohl Gottes unerforschlicher Ratschlag sein, dass Menschen, die so lachen, schneeweiße Zähne haben, leuchtend wie Perlen.

»Willst du, dass ich dir wieder die Namen der Vögel und Fische aufzähle?«, fragte er.

Und schon begann er Namen von Fischen aufzusagen, die noch niemand gesehen, von denen niemand je gehört hatte. Wir waren schon von Menekşe bis Florya gewandert, und er nannte immer noch Fische, beschrieb ihre Farben, erzählte von ihren Gewohnheiten und Eigenarten.

»Halt ein!«, sagte ich. »An einem der nächsten Tage werde ich aufschreiben, was du mir erzählst, Wort für Wort.«

»Schreib es auf!«, erwiderte er. »Schreib, was dir Mahmut, der Sagenerzähler unter den Fischern, berichtet. Denn auch das ist mein Beruf: Ich erzähle den Fischen Sagen.«

»Hast du die Fische, von denen du berichtest, auch gefangen?«

»Wie sollte ich? Viele Fische, von denen ich erzähle, leben nicht in unseren Gewässern. Aber gesehen habe ich sie alle. Von hier bis Algerien habe ich das Mittelmeer befahren und meine Netze ausgeworfen.«

»Und die Vögel, deren Namen du kennst?«

Sein Lächeln erstarrte. »Ich habe sie alle gefangen. Hätte ich es nur nicht getan.«

Und er begann von den Vögeln zu erzählen.

Seit den Tagen von Byzanz, vielleicht auch schon früher, bis vor wenigen Jahren ... In jener Zeit stand in der Ebene von Florya, von hier bis zu den fernen Stadtmauern, kein einziges Haus. Überall Wälder, Grassteppen und weite, wilde Kardenfelder ... Und die Vögel kamen nicht in einzelnen Schwärmen wie heutzutage, nein, sie kamen in Wellen, die den Himmel verdunkelten, dicht gedrängt wie Schmetterlinge ... Man brauchte sich nur neben einem Kardengestrüpp niederzulassen, um von Hunderten kleiner Vögel umschwirrt zu werden. Ihre Flügel strichen über dein Gesicht, streiften deine Ohren und Hände ... Wie in einem Regen standest du da. Damals gab es einen blauen Vogel; er kommt nicht mehr, wahrscheinlich ist er ausgestorben. Er war winzig, kaum größer als ein Daumen. Vielleicht auch etwas größer. Das Gedächtnis des Menschen ist ja keine Maschine, die peinlich genau alles behält, und so haben wir klein in Erinnerung, was groß war, erscheint unserem Gedächtnis groß, was klein gewesen ist. Der Vogel war tiefblau, schön gewachsen, hatte einen gut geformten Schnabel und große, pechschwarze Augen. Sein blaues Gefieder leuchtete so makellos, dass es jedem buchstäblich in die Augen sprang und wie ein gleißender Wildbach in sein Inneres strömte, ja, die ganze Welt in ein reines, leuchtendes, jauchzendes Blau tauchte. Diese Vögel ließen sogar die Nacht und das Mondlicht in einem milden Blau erschimmern. In der Gegend um Şenlikköy dehnten sich Gemüsegärten und Melonenfelder. Mit verbundenen Augen trotteten die Pferde am knarrenden Schöpfwerk im Kreis, das Wasser floss in die grünen Gärten. Es regnete blaue Vögel, sie setzten sich zu Hunderten auf die Menschen, dass sie aussahen wie blaue Standbilder.

»Ich habe so viele Jahre gelebt; aber nie wieder bin ich einem Vogel begegnet, der so zutraulich war, der so viel Herzenswärme hatte und dem Menschen so nahe war, ja, näher als der Mensch dem Menschen.«

»Hast du diese Vögel auch gefangen und vor der Moschee verkauft, damit man sie freilässt?«

»Nein, ich brachte es nicht übers Herz; ihr Blau war so zart und samtig, ich konnte ihnen nichts antun. Für das Himmelstor fing ich Zitronenzeisige, Buchfinken, manchmal auch Stieglitze. Diese kleinen Vögel sind widerstandsfähiger. Denn der blaue Vogel ist zierlich, ist zerbrechlich, ist wie ein Schmetterling, als löse er sich auf, wenn du ihn nur berührst. Nicht ein einziges Mal habe ich einen dieser blauen Vögel gefangen, kein einziges Mal ihn mit den Worten ›Fliege, Vogel, fliege vor, wart auf mich am Himmelstor!‹ in die Luft geschleudert. Sie waren meine heiligen Vögel, diese kleinen, blauen. Vielleicht kamen sie in diese Ebene, um mich, um Mahmut zu besuchen. Ich wagte nicht, sie zu streicheln, wagte nicht einmal, sie zu berühren.«

In jenen Zeiten wurden Vögel zu Tausenden in der Ebene von Florya gefangen, wurden zu Tausenden nach Istanbul gebracht: Vor die Eyüp-Moschee, vor die Neue Moschee, vor die Sultan-Ahmet-Moschee, vor die Hagia Sophia, vor die Moscheen Mihrima Sultan und Fatih. »Fliege, Vogel! Fliege vor! Wart auf mich am Himmelstor!« … Und die Menschen stürmten die Käfige, wetteiferten miteinander um jeden Vogel. Damals konnten die Vogelfänger nie genug von ihnen nach Istanbul bringen. Auch vor den Kirchen und Synagogen wurden täglich Tausende aus ihren Käfigen freigekauft und mit einem Gebet in die Freiheit entlassen; und die Menschen blickten stolz und voller Hoffnung hinter ihnen her, wie sie freudig davonflogen … Einmal hatte Mahmut jedem Vogel in seinem vollen Käfig einen bunten Faden ans Bein gebunden, lauter gelbe, rote, blaue und grüne Bändchen.

»Vor der Neuen Moschee habe ich diese Vögel mit den farbigen Bändchen verkauft. Von einem Augenblick zum andern war der Himmel über der Moschee, über Karaköy und Eminönü voll von schwirrenden Vögeln. Ich machte mich auf zum Wald, an den früher dicht an dicht die Karden heranwuchsen, und legte Netze aus. Und was sehe ich? Sind da doch sechs von den Winzlingen, die ich mit einem Bändchen versehen hatte, am frühen Nachmittag schon wieder in meinem Netz. Nach einer Woche hatte ich sage und schreibe dreihundertsechs von ihnen noch einmal gefangen. Und als ich nach drei Jahren wieder einen in meinem Netz entdeckte, war ich ganz verrückt vor Freude.«

In jenen Zeiten war die Vogeljagd für die Kinder ein geradezu lohnendes Unterfangen. Ob die Menschen damals besser waren – man weiß es nicht; sie waren anders. Vielleicht empfanden sie mehr Liebe für die Vögel. Vielleicht waren sie auch weichherziger, hatten mehr Mitleid, mehr Liebe in sich. Wer weiß, vielleicht standen sie der Natur viel näher … Heute ist es den Menschen egal, wenn kleine Vögel in Käfigen sterben. Sie gehen auch nicht mehr in die

Kirchen und Synagogen, allenfalls an einem Feiertag oder zu einem Begräbnis; und die da hingehen, sind wenige. Und diese Männer mit den Bartkrausen, die mit ihren Käppchen auf den Köpfen und mit grimmigen Gesichtern zähneknirschend aus der Moschee kommen, mit ihren fanatischen finsteren Todesmienen, die überhaupt nicht zum lächelnden Angesicht unserer herrlichen Süleymaniye-Moschee passen – empfinden diese Männer etwa eine Spur von Mitleid mit den kleinen Vögeln, dass sie sie kaufen und ihnen die Freiheit schenken? Bei meiner Mutter, sie wären die allerletzten! Vielleicht in Eyüp, vielleicht gibt es beim armen Volk von Eyüp noch einen Rest von Mitgefühl. Oder in Taksim. In Taksim, dem belebtesten Viertel der Stadt. In diesem Menschengewimmel müsste es doch einige Männer und Frauen geben, die sich so viel Menschlichkeit bewahrt haben, dass sie für einige Kuruş diese kleinen Vögel kaufen und mit Freude und Stolz freilassen. Und bei Allah, kaum freigelassen, werden sie sich aufschwingen, hoch in den Himmel übers Sheraton schwirren und im Nu über den Bosporus sein!

»Gibt es außer in Taksim und Eyüp keine Möglichkeit, keine Hoffnung? Ist die Menschlichkeit denn tot?«

»Nein«, sagte Mahmut, »tot ist sie nicht, aber irgendetwas ist ihr widerfahren. Vielleicht wurde sie irgendwo aufgehalten und blieb da hängen.«

»Wo sie wohl sein mag?«

Ein Lächeln huschte über sein Gesicht, und seine Züge hellten sich auf. Wer weiß, vielleicht war sie in diesem leuchtenden Lächeln, in dieser Freude, die aus dem Herzen kam.

»Und jetzt sind auch die Vögel fort«, sagte Mahmut.

Dann sprachen wir nicht mehr. Die Vögel sind fort, und mit ihnen … Aber wen erstaunt das noch? Klar, auch die Vögel sind fort.

Sind das etwa die wahren Gläubigen, diese grimmigen Käppchen-Männer, die mit verkniffenen Augen aus der Moschee kommen, als hätten sie Gott einen großartigen Kampf geliefert und alle Heiterkeit dort drinnen zurückgelassen? Sind das etwa die wahren Barmherzigen, deren zornige Schritte den Boden erzittern lassen? Und da sind eben auch die Vögel fort, und das ist schon lange, lange her …

Oder die Menschen, die sich auf dem Taksim-Platz drängen und einander anrempeln, die Gott für die Erleichterung danken und ihren Auswurf dem Mitmenschen vor die Füße oder den Bäumen an die Rinde spucken, diese bleichen oder grell bemalten Gesichter, diese mürrischen Mienen und feindseligen Blicke, so hasserfüllt, als wolle jeder dem anderen seine Grube graben, als wollten sie aufeinander losgehen, sich fressen, sich die Augen auskratzen … Und diese Menschen etwa, die feige sind und sich schämen, die stinken und nichts als »ich« sagen, »ich, ich«, und noch einmal »ich« … Und da sind die Vögel eben fort … Und mit den davonziehenden Vögeln …

»Vielleicht vor den Toren der Fabriken, wenn die Arbeiter herausströmen? Vielleicht am Gemüsemarkt, bei den kurdischen Lastenträgern. Die Kurden sprechen kein Türkisch, aber sie lieben die Vögel über alles.«

Vielleicht gibt es irgendwo in der Stadt, in irgendeinem Winkel noch Menschen, die noch ein Herz haben, die Vögel kaufen und freilassen, wer weiß, vielleicht …

Also los, langer Süleyman! Auf denn, wortkarger, jähzorniger Hayri mit deinen Dreiecksaugen! Nehmt die prallvollen Vogelkäfige auf eure Schultern! Bei den Menschenkindern weiß man nie. Plötzlich übermannt sie die Rührung, sie reihen sich auf dem Taksim-Platz in eine lange Schlange ein, und ehe man sichs versieht, hat jeder von ihnen fünf, zehn oder zwanzig Vögel gekauft und in den Himmel geschickt. Im Handumdrehen sind eure Käfige leer und eure Taschen voll klingender Münzen. Und Semih wird aus der Haut fahren, weil er euch in dieser beschämenden Lage sitzen ließ, tausendfach wird er das bereuen. Denn die Menschenkinder sind seltsame und unberechenbare Geschöpfe; es kann sich fügen, dass ihr sie an einem ihrer guten Tage erwischt.

Ich weiß nicht genau, was mich abhielt, den Weg zur Pappel einzuschlagen und das Zelt aufzusuchen. Gesetzt den Fall, es war ihnen nicht gelungen, den Falken für mich zu fangen? Schon bereute ich, ihnen den Auftrag erteilt zu haben. Schließlich, eines Nachts, hatte ich keine Ruhe mehr, so gespannt war ich, was aus ihnen geworden war und wie viele Vögel sie noch gefangen hatten. Denn immer mehr Vögel regneten vom Himmel, und die Ebene von Florya färbte sich rot, gelb, grün, orange und blau, glühte in all den Farben dieser kleinen, schwirrenden Feuerzungen. Dumpfes Grummeln hallte von der fernen Stadt herüber und legte sich über das Gezwitscher der schwirrenden Scharen in den Karden. Die ausgetrockneten kupferfarbenen Pflanzen wiegten sich sanft unter der Last der kleinen Vögel.

Bis tief an den Horizont war der Abendhimmel mit Sternen übersät. In ihrem Glanz hob und senkte sich ganz leicht die schimmernde Meeresdünung.

Der Geruch von Salz und Jod mischte sich mit dem harzigen Duft der Kiefern, den eine laue Brise vom Wald herüberwehte.

Als ich das kleine Feuer vor dem Zelt brennen sah, freute ich mich. Sie waren also noch nicht fort; sie wehrten sich, sie gaben nicht auf. Doch als ich mich ihnen näherte, waren sie irgendwie anders als sonst. Ich kann nicht sagen, dass der Empfang kühl war, aber mir schien, als seien sie nicht sehr froh über mein Erscheinen. Hayri hielt seinen Kopf gesenkt, als wage er nicht, zu mir aufzublicken.

Der Lange räusperte sich einige Male. Es fiel ihm schwer, ein Wort herauszubringen. Geschäftig breitete er eine Zeitung vor dem Feuer aus und strich sie glatt. »Setz dich, Onkel, setz dich und sei willkommen!«, sagte er verhalten. Ich nahm Platz, und er setzte sich zu mir. Hayri stand immer noch da. »Komm, Hayri, setz dich!«, forderte ich ihn auf und zeigte auf den Platz zu meiner Rechten. Er setzte sich und sagte, ohne mir in die Augen zu sehen: »Du bist willkommen!« Eine Weile starrten wir schweigend in die Flammen.

»Weißt du, Onkel«, sagte der Lange unvermittelt, »dein Freund, Onkel Mahmut, war hier und hat mit uns gesprochen. Er ist ein guter Mensch.«

»Ja, das ist er«, antwortete ich. »Einen besseren Menschen findest du nicht.«

»Sieh, Onkel«, der Lange rang nach Worten, »sieh, Onkel ...«, und jetzt sprudelte es förmlich aus ihm heraus, als befürchtete er, jemand könnte ihn unterbrechen: »Ach, Onkel, wir konnten deinen Falken nicht fangen. Die Greifvögel sind gekränkt, nachdem sie so oft gekommen waren und wir sie immer wieder verjagten. Wir haben ihren Stolz verletzt, als wir die kleinen Vögel fingen, sie aber verscheucht haben; da wurden sie böse auf uns, auf uns Menschen, und sind auf und davon. Was würdest du tun, wenn du jeden Tag kämst und immer wieder weggejagt würdest? Wer sich noch einen Rest an Würde bewahrt hat, der zieht doch auf und davon, oder? Ist es nicht so?«

»So ist es«, antwortete ich.

»Also zogen die Vögel fort.«

»Es kommt vor, dass sie fortfliegen. Nimms dir nicht zu Herzen.«

»Glaub mir, Onkel, Hayri und ich haben mindestens hundert Lockvögel ausgelegt, Allah ist unser Zeuge!«

»Hundert bestimmt«, bestätigte Hayri, ohne aufzublicken.

»An einem dieser Tage waren bis zum Abend sieben Greife über uns. Hoch über der Pappel, die Brust gegen den Wind gestemmt, verharrten sie auf der Stelle, so nah beieinander, dass sich ihre

Flügelspitzen fast berührten, und kümmerten sich kein bisschen um unsere Lockvögel, die wir in einem fort bewegten. Keiner von ihnen neigte auch nur einmal den Kopf, keiner warf auch nur einen einzigen Blick auf unsere flatternden Köder. Keiner von ihnen rührte sich von der Stelle und stieß herab, ja, sie machten nicht einmal Anstalten zu einem Sturzflug. Gegen Nachmittag verlor Hayri die Geduld.«

Er sah mich an, als erwarte er, dass ich mich äußerte. »Das kann ich gut verstehen«, sagte ich.

»Er legte den Kopf in den Nacken und beschimpfte sie, so laut er konnte, nannte sie Aaskrähen und Scheißvögel und was ihm sonst noch so einfiel.«

»Ja, ich habe sie beschimpft«, sagte Hayri zornig. »Und das war recht so.«

»Ja, es war recht so, Hayri.«

Hayri hob den Kopf und sah mich misstrauisch an, als habe er den Verdacht, ich wolle ihn verspotten.

»Du hast recht getan, Hayri«, wiederholte ich. »So starrköpfige, beschissene Vögel muss man ganz einfach aus vollem Munde beschimpfen.«

Hayris Argwohn schien sich gelegt zu haben.

Der Lange unterbrach mich. »Und die Vögel konnten diese Beschimpfungen nicht ertragen und flogen auf und davon. Hayri redet ja nicht viel, aber in ganz Istanbul gibt es kaum jemanden, der schönere Schimpfworte kennt als er.«

»Kaum jemanden«, bestätigte Hayri.

»Sein Meister ist Ismail der Ringkämpfer, ein Fischer aus Samatya.«

»Der Lase Ismail aus Samatya«, ergänzte Hayri.

»So starke Schimpfworte erträgt kein Mensch, und wäre er aus Stein. Wie sollten aber dann die Vögel sie aushalten?«

»Sie halten es nicht aus«, bestätigte ich.

»Also flogen die Vögel davon«, sagte der lange Süleyman, verlegen, mit trauriger Stimme und verdrossener Miene.

»Sie werden wiederkommen«, tröstete ihn Hayri. »Sie werden vergessen, was geschehen ist, und werden wiederkommen.« Dann stand er auf und öffnete seine Arme. »Schau! So werden sie sich auf die Lockvögel stürzen, und so werde ich sie fangen.«

Die Rollen jeweils wechselnd, spielte Hayri uns vor, wie der Falke blitzschnell auf die Lockvögel herunterstößt, wie sich das Netz über ihm zusammenzieht, wie er den Vogel einfängt, wie dieser ihm die Hand zerfleischt und wie er ihn schließlich in den Käfig sperrt. Dann hockte Hayri sich schweigend nieder.

»Nimm es uns nicht übel, Onkel, dass wir ihn

nicht fangen konnten«, sagte Süleyman, »aber die Falken werden wiederkommen, und wir …«

»Vögel sind vergesslich. Sie werden wiederkommen.«

Trotzig wiederholte Hayri meine Worte: »Sie werden wiederkommen«, und seine Stimme klang messerscharf, als er hinzufügte: »Wir werden sie fangen.«

»Nehmt es euch doch nicht so zu Herzen«, beschwichtigte ich die beiden. »Und wenn es euch nicht gelingen sollte, macht es auch nichts.«

»Doch!«, erwiderte Hayri hart. »Das darf nicht sein. Wir sind keine Bettler, und Betrüger schon gar nicht.«

»Nein, das sind wir nicht.« Süleymans Stimme klang verwirrt und hilflos.

»Was redet ihr da? Warum so heftig?«

Süleyman versuchte abzulenken: »Onkel Mahmut …«, sagte er.

Wieso spürte ich in dieser Dunkelheit, dass Hayri sich freute? Er hatte nichts gesagt, und sein Gesicht konnte ich im Schein des Feuers auch nicht erkennen.

Der Lange ging zum Stacheldrahtzaun, sammelte einen Armvoll trockenes Reisig, kam zurück und warf die Zweige ins Feuer. Flammen loderten auf. Auch Hayri ging los und kam mit einem Armvoll trockenen Holzes zurück. Es dauerte nicht lange, und ein großer Haufen Reisig lag neben dem Feuer.

»So ist es gut«, sagte Hayri zufrieden. Dann saßen wir still am Feuer, und jeder hing seinen Gedanken nach.

Es dauerte sehr lange, bis der lange Süleyman wieder das Wort ergriff. Aber auch der wortkarge Hayri begann zu erzählen. Und wenn Menschen, die sonst so schweigsam sind, über Dinge reden, die ihnen am Herzen liegen, ist es unmöglich, ihnen Einhalt zu gebieten.

Das morgenhelle Meer spiegelte sich in den Zweigen der riesigen Platane vor dem öffentlichen Strand. Ihre Krone stand im gleißenden Licht, das sich wie ein Wildbach über die Ebene ergoss. Der Himmel über Istanbul färbte sich glühend rot, jeden Augenblick musste der Tag anbrechen, würden die bleiernen Kuppeln der Moscheen aus dem Dunkel aufsteigen. Von weit her, aus der Gegend Ambarli, hallte das dumpfe Tuckern eines Kutters. Den Kopf auf der Brust, waren die beiden Jungen eingeschlafen. Das Feuer war erloschen, Asche bedeckte die Glut. Aber auch die Vögel schliefen in ihren Käfigen. Ab und zu schlug in der Enge des Käfigs am Fuße der Pappel ein Vogel mit den Flügeln. Dann entstand ein kurzer Tumult hinter den Gittern, der sich aber schnell legte, und es herrschte wieder tiefe

Stille. Eine sanfte Brise strich in ständigem Wechselspiel vom Wald, vom Meer, dann wieder vom Çekmece-See herüber, rein und bis ins Innerste erfrischend, dass man sich wie neugeboren fühlte, leicht wie eine Feder, bereit, im Freudentaumel des Morgenwindes davonzufliegen, der das All erfüllte.

Ali Schah wohnt in Dolapdere. Dolapdere, das ausgelassenste, bunteste, schillerndste, bezauberndste Viertel der Stadt. Istanbul ist groß, weiträumig, grenzenlos und wimmelt von Menschen, so zahlreich wie Ameisen. Aber wenn es auch scheint, es habe weder Anfang noch Ende, sind seine Weiten und sein Gewimmel durch innere Grenzen gegliedert. Dolapdere ist klein, aber eine Welt voller Zauber und unerschöpflicher Vielfalt, erfüllt vom ständigen Hin und Her quirliger Menschen. Man darf sagen: Dolapdere ist einzigartig auf dieser Welt. Dolapdere ist Labyrinth, ist Straße und Gasse, Absteige und Bordell, ist Tugend und jungfräuliche Unschuld. Sein Schmutz übertrifft den Durchschnitt Istanbuls um Längen, aber die strahlende Sauberkeit seiner gescheuerten Dielen ist makellos. Ein Ort der Geselligkeit und Geschäftigkeit. Hier findet jeder Zuflucht, der die Brücken hinter sich abgebrochen hat, ob er von Osten, von Westen, von Süden oder Norden kommt. Autoschlosser, Wagenbauer, Bastler von Petroleumlampen oder Schiffslaternen, Handwerker, die aus zwei alten Rädern ein nagelneues Fahrrad zaubern, ein Auto bauen, Motorboote und Segelschiffe konstruieren, Flickschuster, Losverkäufer, Händler mit geschmuggelten Zigaretten, Trinker, die wie Grandseigneurs genießen, Säufer, die sich volllaufen lassen; sie alle sind dort anzutreffen. Gescheiterte und Pechvögel aus aller Herren Länder haben hier Zuflucht und Auskommen gefunden. In Dolapdere ist alles grenzenlos: Menschenwürde und Schändlichkeit, Milde und Grausamkeit, Freundschaft, Liebe, Hass und Niedertracht. Kurzum, Dolapdere ist eine Zauberstadt. Woher einer auch gekommen sein mag, aus Herrenhaus oder Zigeunerzelt, wenn er einmal in Dolapdere gestrandet ist, kann er ihrem Schlamm und ihrem Strudel nicht mehr entkommen. Und verspräche man ihm alle Schätze dieser Welt, er könnte von Dolapdere nicht mehr lassen. Ob Zigeuner oder Engländer, Kurde oder Lase, Türke oder Turkmene, Perser oder Araber; wer sich einmal hier niedergelassen hat, wird eher sterben als Dolapdere den Rücken kehren. Zweiundsiebzig Sprachen spricht man hier. Braun gebrannte Zigeuner, blonde Einwanderer aus Rumelien, hochgewachsene Kurden, schönäugige Georgier brachten tausendundein Lied, tausendundeinen Dialekt hierher. Dolapdere ist einmalig in Istanbul, und ich warne jeden, der das Gegenteil behauptet. Ja, Dolapdere ist auch einmalig in der Welt! Hat nicht Zühre aus Dolapdere, ein Mädchen mit schlanken Hüften und langen, schimmernden, bis zu den Fesseln reichenden schwarzen Haaren – denn auch die langen schönen Haare der Frauen von Dolapdere sind einmalig in der Welt –, hat nicht die kupferbraune Zühre mit den großen blauen Augen im Herbst des Jahres 1943 den ersten Preis im Bauchtanz errungen, weil sie in einer Minute ich weiß nicht mehr wie oft die Hüften schwang und in drei Tagen und drei Nächten auf dem Platz von Kasimpascha über die Bauchtänzerinnen von Sulukule glanzvoll den Sieg davontrug, und hat sie damit nicht den Weltrekord von Sulukule nach Dolapdere gebracht, sodass die Einwohner vor den Stadtmauern, ja die Stadtmauern selbst und ganz Sulukule vor Neid geplatzt sind wie reife, rote Wassermelonen? Nun denn: In diesem so berühmten Dolapdere ist Ali Schah die berühmteste Persönlichkeit. Zugegeben, Rüstem der Geiger, der Bärenführer, und Halim der Bratschenspieler und die kokette Gülizar sind auch berühmt, aber den Ruhm des Ali Schah hat bisher in Dolapdere noch niemand erreicht. Auch die namhaftesten

Zigeuner von Sulukule, ja nicht einmal ihre fähigsten Sippenoberhäupter können Ali Schah in seiner Menschlichkeit, seiner Freundschaft und Ritterlichkeit das Wasser reichen. Ali Schah gürtet sich mit einer breiten, roten Leibbinde; er war Stammesführer einer alten Zigeunersippe aus Edirne. Er spricht den Akzent der Albaner samt ihrem bekräftigenden »A be more« nach jedem Ausruf. Wer weiß, vielleicht ist er auch in Albanien geboren. Niemand weiß, wo sein Geburtshaus steht, unbekannt ist es wie die Höhle des Wolfes. Niemand weiß, wann er nach Dolapdere kam, hineingeworfen, als wärs seines Vaters Haus, doch kaum drinnen, war er in aller Munde, war er der Mann der besten Ratschläge, dem man größtes Vertrauen entgegenbrachte und der für jedermanns Sorgen ein offenes Ohr hatte. Eines guten Tages hatte er das Amt des Stammesführers sattgehabt. Er zog es aus wie eine alte Weste, stellte sich vor die Gemeinde hin und sagte: Ich habe jetzt genug davon, nehmt diese Verantwortung von mir zurück, bleibt gesund, Gott segne euch. Und nachdem er sich so seiner Bürde entledigt hatte, war er von dannen gezogen. Wohin er ging, durch welche Länder er zog und was ihm dort widerfuhr, weiß Gott allein. Wer auch immer jetzt mit einem persönlichen Anliegen zu ihm kommt, Ali Schah wird Himmel und Hölle in Bewegung setzen und alles regeln. Doch niemand wird es je wagen, ihn wegen einer Bagatelle aufzusuchen. Ali Schah weiß das, und weil er es weiß, würde er niemandem, der bei ihm anklopft, die Tür weisen.

Und so wird Semih, der mit dem Falken das Weite gesucht hat und seine Freunde mit Hunderten von unverkäuflichen Vögeln in der Ebene von Florya hungrig, ohne Geld und auf sich selbst gestellt sitzen gelassen hat, schnurstracks Ali Schah aufsuchen. Woher er von Ali Schah weiß? Nun, ist Semih nicht der Junge, der von Istanbuls einem Ende zum andern jeden Winkel, jeden Stein wie seine Hosentasche kennt? Die Sohlen seiner rissigen Schuhe hat er auf diesem Pflaster, in diesen Pfützen abgetreten.

Ali Schah trägt einen langen, angegrauten, blonden Schnurrbart. Und jeden Morgen reibt er ihn mit Mandelöl ein, bis er glänzt. Früher färbte er ihn mit Henna, worauf er aber seit zwei Jahren verzichtet; damals leuchtete sein Schnurrbart in majestätischem Rot. Doch nach wie vor stecken zwei Pistolen in seiner roten Leibbinde. Kein Polizist würde sich erdreisten, Hand an sie zu legen, und auch sonst ist es nicht ratsam, ihm zu nahe zu treten. Und sollte es doch einer wagen: Die Taschendiebe und Einbrecher, die Messerstecher und schweren Jungs, alle Töchter und Söhne Dolapderes würden dem Täter das Leben in Istanbul zur Hölle machen.

Semih wird also zu Ali Schah gehen und ihm sagen: »Richte mir diesen Vogel so ab, dass er mir täglich hundert, zweihundert Wachteln schlägt!« Denn niemand auf dieser Welt versteht die Sprache der Vögel besser als Ali Schah. Und in einer Woche, oder sagen wir in fünfzehn Tagen, höchstens aber in einem Monat, hat Ali Schah den Vogel so gedrillt, dass er zum Todesengel der Wachteln geworden ist.

Semih wird sich dann nach Kilyos begeben, und dicht am Meer, an der Stelle, die sie »Rettungsstation« nennen, wird er sein Zelt aufschlagen und sich davorsetzen. Und wenn ihm danach ist, wird er den langen Süleyman und den wortkargen Hayri kommen lassen, sofern sie sich wieder mit ihm vertragen wollen, versteht sich. Und von den Ufern jenseits des Schwarzen Meeres werden die Wachteln herüberkommen, werden müde vom langen Flug über das weite Wasser an dieser Küste niedergehen, mit regennassen, schweren Flügeln – denn sie überqueren das Meer, immer wenn es regnet –, und dann wird Hayri den Falken auf sie ansetzen, und der wird über sie kommen wie der Blitz; aber verschlingen wird er seine Beute nicht, sondern geduldig auf Semih warten. Und Semih wird hinlaufen und die Vögel an sich nehmen. Sollten der lange Süleyman und auch Hayri sich mit ihm vertragen, könnten sie gleichfalls die schweren, fetten Wachteln aufsammeln, vielleicht hundert oder zweihundert an einem Tag. Sie würden die Vögel in Plastikbeutel packen, sich von Kilyos nach Taksim ein Sammeltaxi nehmen und die Vögel an die Fleischer hinter dem Blumenbasar verkaufen. Hundert Stück bringen zweihundertfünfzig Lira, zweihundert Stück schon fünfhundert, und zweihundertfünfzig Stück machen schon sechshundertfünfundzwanzig Lira, ist es nicht so? Wachteln sind doch etwas ganz anderes als diese kleinen Vögel, die Käufer warten nur so darauf; hier die Ware, da das Geld! Und außerdem können Wachteln auch zehn Lira oder sogar fünfundzwanzig Lira das Stück kosten.

Und glaubt doch nicht, dass Semih die Wachteln nur mit dem Falken fangen wird. Nein, er wird den Fischern in Rumelihisar Netze stehlen. Von den Bäumen dort, wo die Fischer sie zum Trocknen aufgehängt haben. Semih hat schon viele Netze geklaut und anderen Fischern angedreht. Es seien die Netze des Vaters, flunkerte er, der sei zum Fischen hinausgefahren, da sei Sturm aufgekommen, sein Boot leck geworden, und er sei nicht zurückgekehrt. Sollten sie sich wieder vertragen, Semih, der lange Süleyman und Hayri – und warum eigentlich nicht, es war schließlich kein Blut zwischen ihnen und nicht das erste Mal, dass Semih den beiden einen solchen Streich gespielt hat, o nein! –, dann werden sie am

Strand die Netze auslegen, werden beim blinden Krämer in Kasimpascha eine, und wenn das nicht reicht, fünf Schiffslaternen mitgehen lassen und unter die aufgespannten Netze stellen. Die Vögel werden vom Meer geradewegs in den Schein der Lampen fliegen und in die Netze fallen, denn Semih kennt diese Vögel, hat sie sogar schon gegessen, schöne fette Wachteln, auch der lange Süleyman hat sie schon gegessen; aber lass dich ficken, wenn es mehr waren als eine, und lass dich ficken, wenn Semih dem Süleyman nicht einen Flügel von der fetten Wachtel abgibt, du Lügner, du! Gibt es denn in ganz Istanbul einen freigebigeren Jungen als Semih, der schenkt seinem Freund doch nicht nur einen Flügel oder ein kleines Stück Fleisch, sondern sein Leben, wenn es darauf ankommt? Auch Hayri hat viele, viele Wachteln gegessen. Dort in Rize fielen sie in Massen in die Teefelder seiner Familie ein. Ach, Hayris Vater, dieser Tölpel, dieser Säufer, was mag wohl in ihn gefahren sein, dass er seine Waffe zog und seinen Nachbarn niederschoss, der ihm doch wie ein Bruder war? Die Mutter hätte ums Leben nie diese Teegärten verkauft; aber nun tat sie es, um ihren Mann zu retten, und gab das Geld den Anwälten. Sie hatten auch fünf Kühe und verkauften sie, hatten ein großes Haus in Rize und verkauften es, hatten einen Fischkutter mit acht Mann Besatzung, den verkauften sie, sie verkauften auch alles, was sie so im Hause hatten, und gaben das Geld den Anwälten, und die gaben es den Richtern. Die Richter nahmen das ganze Geld und gaben Hayris Vater fünfzehn Jahre dafür. Bei der nächsten Amnestie soll er rauskommen, sicher; aber wer weiß, wann das ist?

Hayri floh aus Rize, was blieb ihm auch anderes übrig. Er ließ seine Mutter mittellos, ohne eigenes Dach, allein unter Fremden zurück und ergriff die Flucht. Denn eines Nachts hatten sie Netze zwischen die Bäume gespannt, um Wachteln zu fangen, und während sie mit Falken in den Händen auf den Ansturm der Wachteln lauerten … Ja, Hayri hat in seinem Leben viele Wachteln gefangen und Unmengen von ihnen gegessen. Wachteln duften nach Meer, nach Regen und Moos und auch nach nassen Bäumen. Du brätst sie, und beim Essen tropft dir das Fett durch die Finger und läuft dir über das Kinn. Während sie also auf den Wachtelregen lauerten, verließ Hayri seine Freunde und ging in das Dunkel des Gartens bis zu den nächsten Bäumen. Warum er sich von den anderen entfernte, daran kann er sich heute mit bestem Willen nicht erinnern. Ob ihn jemand gerufen hatte oder ob er ein Geräusch vernahm, er weiß es nicht. Er weiß nur noch, dass zwei kräftige Hände ihm den Mund zuhielten und ihm den Atem nahmen, kaum dass er unter den Bäumen war. Dann krallten sich zwei Hände um seine Kehle, und er wurde ohnmächtig. Von da an kann er sich an nichts mehr erinnern, bis er im Hause des Kapitän Temel, eines Nachbarn, die Augen aufschlug. Wie er nachher erfuhr, hatten ihm die Brüder jenes Mannes die Kehle zugedrückt, den sein Vater erschossen hatte. Seitdem verfolgten sie Hayri wie sein eigener Schatten. Eines Tages, vielleicht vor Morgengrauen – hierüber hüllt Hayri sich in Schweigen –, konnte er seine Spuren verwischen und ihnen entkommen. Er entwischte auf einem Kutter und kam nach Istanbul.

Der Tag seiner Ankunft liegt schon lange zurück. Seitdem lebt Hayri in dieser Stadt, hat inzwischen alle möglichen und unmöglichen Arbeiten verrichtet und alle Arten von Diebereien hinter sich. Aber er hat auch festgestellt, dass dieses wurzellose Leben zu nichts führt. Eines guten Tages lauschte er den Erzählungen des alten Schusters Sado Efendi aus Fatih. Sado Efendi erzählt jedem aus seinem früheren Leben: Kindern, Erwachsenen, ob Mädchen oder Frau, ob jung oder alt oder taubstumm, jedem, der ihm über den Weg läuft, erzählt er seine Erinnerungen, ununterbrochen, vierundzwanzig Stunden lang. An jenem Tag schilderte er, wie er in der Ebene von Florya Vögel fing, wie er leichtes Geld verdiente, wenn er sie vor den Moscheen, den Kirchen und Synagogen freikaufen ließ, wie er mit Bündeln von Scheinen in den Handel einstieg und wie er durch Leichtsinn, Völlerei und Glücksspiel alles wieder verlor. Daraufhin verkauften die Jungen Zares Kelim, kauften von dem Erlös ein Zelt, gingen zu den Fischern und klauten ihnen eins, zwei, drei ein Netz. Den Rest des Geldes verpulverten sie in Istanbul, wo einem das Geld durch die Finger rinnt; sie gingen ins Kino, kauften sich Kürbiskerne, schleckten Eis, tranken gegorenen Hirsesirup mit Zimt, fuhren mit der Fähre nach Kadiköy hinüber und pfiffen sogar hinter den Mädchen mit den Stöckelschuhen her. Na und? Wer wollte es ihnen verbieten? Wenn jeder frei ist in diesem Land, dann sind sie es auch, oder? Hinter den Mädchen herpfeifen, ihnen etwas zurufen, weiß Gott, sie konnten sogar weitergehen! Wie Semih, dieser Tausendsassa. Hat er doch im vorigen Jahr, obwohl er damals noch ein Dreikäsehoch war, mit Şerons Tochter Mimi geschlafen. Sogar Blut ist gekommen. Das weiß jeder. Semih ist Hals über Kopf aus dem Stadtteil geflohen und hat sich sechs Monate nicht mehr blicken lassen. Lass dir von Semih diese Geschichte erzählen, ich schwöre, dass er kein Ende findet, wenn er einmal angefangen hat …

Wenn sie in Kilyos die Wachteln gefangen und auf dem Blumenmarkt verkauft haben, werden sie schnurstracks zum Kelimhändler aus Antep gehen; nein, er ist bestimmt kein schlechter Mann, der Kelimhändler aus Antep; zuerst wollte er ihnen den Kelim nicht abkaufen, er sagte, das sei ein wunderschöner Kelim. Nur weil die Jungen bettelten und flehten, nahm er ihnen den Kelim ab und gab ihnen ein bisschen Geld dafür, weil er Mitleid hatte. Als er ihnen das Geld gab, sagte er: »So, ihr jungen Löwen, diesen Kelim werde ich nicht weiterverkaufen, er ist zu kostbar, ihr bekommt ihn wieder, wenn ihr mir das Geld zurückbringt. Falls ihr mir das Geld nicht zurückzahlen könnt, kommt her und holt euch den Rest der Kaufsumme.« Nach fünf Tagen ging Semih hin und holte sich den Rest. Süleyman wusste nichts davon. Er war sehr wütend über das, was Semih getan hatte; aber er ließ sich nichts anmerken. Schließlich kann unter Kumpeln so etwas schon einmal vorkommen. Semih macht ja oft Sachen, die nicht in Ordnung sind. Kann ein Mensch denn mit einem Vogel abhauen, der schon bezahlt ist? Das kann ein Mensch, der Mensch ist, so einem Onkel doch nicht antun. Ein Mensch darf gerissen sein, aber so durchtrieben, das geht zu weit. Wenn Ali Schah erführe, was Semih getan hat, würde er ihn davonjagen, und er dürfte nie wieder das Stadtviertel betreten. Denn in Dolapdere ist Ali Schah das Gesetz. Sonst würden sich doch vor ihm nicht sämtliche Rabauken des Viertels demütig verbeugen. Wer außer ihm könnte mit zwei Pistolen im roten Gurt am helllichten Tage im vornehmen Beyoğlu spazieren gehen? Hoffentlich erzählt Semih ihm nicht, was er getan hat, hoffentlich jagt Ali Schah ihn nicht davon, sondern richtet den Falken ab.

Und Hayri quält sich, weil er immer an seine Mutter denken muss. Er findet keinen Schlaf, wenn ihm seine Mutter einfällt, und als es einmal ganz schlimm war, kaufte er sich von einem Mann in Sirkeci Haschisch, rauchte es und verkaufte davon auch an die Touristen. Aber Gefallen konnte er daran nicht finden; schließlich rührte er es nicht mehr an und verkaufte diesen Dreck auch nicht mehr an die Fremden.

In Wirklichkeit heißt er auch nicht Hayri. Er hat seinen Namen geändert, damit ihn die Feinde nicht aufspüren, und so wurde aus ihm Hayri. Seinen richtigen Namen gibt er keinem preis, ums Verrecken nicht. Wenn sie Geld haben, wenn sie alle Vögel verkaufen und dafür viel Geld bekämen, würden Süleyman und Semih das Geld nehmen und gemeinsam nach Rize fahren, um Hayris Mutter nach Istanbul zu holen. Und Hayri würde alles tun, um seiner Mutter hier ein sorgenfreies Leben zu bereiten. Seine Mutter geht ihm ja nicht mehr aus dem Sinn, und dass er so verschlossen ist und wortkarg, dass er immer vor sich hinstarrt und nicht lacht, kommt nur daher, dass seine Mutter dort so verlassen darben muss.

Hayri wälzt sich nachts im Schlaf und wimmert: Mutter, Mutter! Und stöhnt, dass es ihm fast die Lungen zerreißt. Er hätte das Geld schon längst auftreiben können, aber er will nicht so leben wie Semih. Wenn er wollte, könnte er an einem Tag ganz Beyoğlu plündern. Aber nehmen wir einmal an, Hayri hat dort wie ein Berserker gewütet und einen Haufen Geld erbeutet, hat Süleyman und Semih nach Rize geschickt, um seine Mutter zu holen, die beiden haben sie auch hergebracht, und Hayri hat seiner Mutter ein kleines Holzhaus in Samatya gemietet – denn Samatya ist ihm der liebste Stadtteil von Istanbul, weil er ihn so an Rize erinnert –, sie ist also voller Freude eingezogen, hebt ihre Hände zum Himmel und betet für ihren Sohn, und plötzlich klopft es an der Tür, Polizisten kommen herein und fragen: Wo ist Hayri der Dieb, Hayri der Dieb.

Und die Mutter wird sagen: In diesem Haus gibt es weder einen Dieb noch einen namens Hayri! Aber die Polizisten werden Hayri entdecken, auf ihn zeigen und sagen: Da ist er ja, der Dieb, und der Hayri ist es auch. Und dann werden sie mit den Handschellen scheppern und sie um seine Gelenke schließen, und im selben Augenblick wird Hayris

Mutter vor Gram sterben, wird auf der Stelle ihren Geist aufgeben. Und deswegen wird Hayri – er ist doch nicht verrückt – weder stehlen noch andere Untaten begehen. Und Haschisch hat er doch nur geraucht, weil er das Elend seiner Mutter vergessen wollte. Und warum hat er es aufgegeben? Weil er dabei noch mehr an seine Mutter dachte und vor Sorge um sie fast krepiert wäre; darum hat er das Rauchen aufgegeben.

Gott gebe, dass Ali Schah den Falken abrichtet …

Gott gebe, dass der Teppichhändler den Kelim nicht verkauft hat …

Gott gebe, dass Hayris Mutter bis jetzt nichts zugestoßen ist. Gott gebe, dass die Feinde ihr kein Leid angetan haben …

Gott gebe, dass Süleyman und Selim sie in Rize bei bester Gesundheit antreffen und herbringen, hierher nach Istanbul … Inşallah!

Die Brüste der Mädchen sind klein; wie kommt es also, dass sie groß werden? Nun, es sind die Jungen, die sie zum Wachsen bringen; indem sie sie immer wieder streicheln, werden sie prall wie Quitten, flaumig und duftend, dass es die Jungen um den Verstand bringt. Semih mit seinen jungen Jahren hat schon viele Mädchenbrüste zum Wachsen gebracht. Bei Semih hat sich noch kein Mädchen gesträubt. Warum wohl ziert Semih jeden Morgen seine Oberlippe mit einem falschen Schnurrbart? Damit die Mädchen sich nicht sträuben, wenn er ihre Brüste streichelt; denn die Mädchen sind ganz vernarrt in Schnurrbärte, und wenn die Mädchen in Schnurrbärte so vernarrt sind, warum soll er das nicht tun? Hayri dagegen hat mit diesen Dingen nichts im Sinn. Er mag die Mädchen wohl, streichelt auch hin und wieder ihre Brüste, aber er hat andere Sorgen als die Brüste der Mädchen, tagein, tagaus muss er an seine Mutter denken; soll Semih doch die Brüste der Mädchen zum Wachsen bringen, was schert es ihn. Und der lange Süleyman, es mag an seiner Größe liegen, so lang, wie der ist, wie eine Bohnenstange; er scheut sich, die Mädchen auch nur anzuschauen. Nun, die Reihe wird auch an ihn kommen, warten wir es ab. Ach, wäre er doch wie Ali Schah, mit seinem albanischen Schnurrbart, buschig wie die Rute des Fuchses, ja dann ... Vielleicht vergeht seine Schamhaftigkeit ja, wenn er noch ein bisschen größer geworden ist.

Und dann wird diese Mido, na, du weißt schon, welche, sie ist noch klein, aber die Jungen haben ihre Brüste und Hüften, ja, auch ihre Hüften, riesengroß gestreichelt, groß wie Frauenhüften, dann wird also diese Mido Süleyman in eines der vierzig Zimmer des verfallenen Gästehauses von Zülfikar Pascha hineinziehen, denn Mido hat dem ganzen

Viertel verkündet, dass sie in jedem Zimmer des Gästehauses von Zülfikar Pascha mit einem anderen Jungen turteln wird. Mido ist ein guter Kerl. Sie ermuntert jeden, den sie mag, geht mit vielen Jungen, nur Semih lässt sie abblitzen. Wenn sie ihn sieht, rümpft sie die Nase und geht vorüber.

Wenn Semih in Kilyos viele Wachteln fängt, große, fette Wachteln mit regennassen, schweren Flügeln, die nach Meer und Salz und Regen riechen, wird er sie alle verkaufen und für das Geld … Süleyman erinnert sich nicht mehr an alle Einzelheiten, wer kann sich schon merken, was Semih alles kaufen will … Doch! Ein Traggestell für Straßenhändler wird er kaufen, denn Semih ist flink, weiß Gott, und vor den Greifern ist er schnell wie ein Windhund, die Polizisten können ihn nicht einmal mit ihrem Wagen einholen, auch nicht der Hauptkommissar, Nihat die Leiche. In diesem Viertel nennt ihn jeder Nihat die Leiche, er ist Feind Nummer eins für alle Kinder. Auf diesem Traggestell wird Semih Kämme und Messer, auch Taschenlampen und Brillen und auch noch Rasierklingen und all die anderen Dinge verkaufen, und das Geld wird er nicht ausgeben, nicht einmal für Essen, natürlich muss man essen, aber auch wenn er noch so viel Geld auf der Bank hat, er wird nach wie vor das Brot in den Bäckereien stehlen. Brot stehlen ist einfach; wenn der Bäcker ihn schnappt, wird Semih ihn wie schon so oft abkanzeln: Was denn, Mann!, wird er schimpfen, sollen wir vor Hunger krepieren, während es auf Erden so viele knusprige, duftende, ofenfrische Brote gibt? Und schuldbewusst wird ihn der Brotbäcker loslassen. Einmal hat Semih einem Bäcker, der ihm an den Kragen wollte, eine so schöne Rede gehalten, dass dem Mann fast die Tränen kamen. An jenem Tag gab er Semih drei, na, so große, nein, soo große Brotlaibe und sagte ihm, dass er sich jedes Mal Brot holen könne, wenn er hungrig sei. Semih ging also täglich hin, holte sich sein Brot und verhökerte es an der nächsten Straßenecke, bis er für alle drei das Kinogeld beisammenhatte. Aber die Erwachsenen dort hatten sie beobachtet, wie sie ins Kino gingen, und steckten es dem Bäcker, und der war so wütend, dass er Semih fast totgeschlagen hätte, als dieser am nächsten Morgen sein Brot abholen wollte. Ein anderer an Semihs Stelle wäre bestimmt abgekratzt, aber Semih konnte sich schließlich aus den Pranken des tobenden Brotbäckers herauswinden; er rannte mit geölten Fußsohlen davon und verschnaufte erst, als er vor den Stadtmauern war. Die blauen Flecken, die der Brotbäcker auf Semihs Hals hinterlassen hatte, waren noch einen Monat lang zu sehen. Na ja, und Semih hat nie wieder …

Vom Geld aus dem Straßenhandel wird Semih erst einmal am Ölhafenkai einen Laden aufmachen. Sie werden alle drei dort arbeiten. Semih weiß genau, wie er die Arbeit unter ihnen aufteilen wird. Das Geld aber, das sie in dem Laden verdienen, werden sie sparen und immer wieder sparen. Wenn Semih dann diese Banken betritt, werden die Direktoren sich von ihren Sesseln erheben. Und wenn sich die Gelder angesammelt haben, wird Semih zuerst in Eminönü und dann in Beyoğlu einen Laden aufmachen, und den einen Laden wird Süleyman, den anderen wird Hayri leiten. Selbstverständlich werden in den Läden auch Mädchen arbeiten. Süleyman wird sich dann auch nicht mehr vor ihnen schämen, wegen seines Halses, der lang ist wie der einer Gans, und auch nicht wegen seiner Augen, die aus ihren Höhlen quellen wie zwei Fäuste. Und Hayri? Der mag die Mädchen auch, welcher Mann mag sie nicht, aber seine Mutter hat ihm eingeschärft, kein Auge auf die Mädchen zu werfen, denn sie brächten den Männern nur Ärger. Sogar hier, in diesem riesigen Istanbul, hält sich Hayri an die mahnenden Ratschläge seiner Mutter, doch heimlich guckt er schon nach den Brüsten der Mädchen, betrachtet ihre breiten, wiegenden Hüften, wird ganz versonnen und kann seine Blicke nicht von ihnen wenden. Und wenn Semih weiterhin sein Geld vermehrt und damit die Banken gefüllt hat, wird er eine Fabrik eröffnen. Was für eine Fabrik das sein wird, würde er nicht einmal in sein eigenes Ohr flüstern; aber es wird so eine Fabrik sein, dass er am Bosporus drei Villen kaufen wird, seine eine Frau wird in der einen wohnen und seine andere Frau in der nächsten. Die Häuser werden so große Gärten haben, dass, wenn ein Junge sich darin versteckt, kein Polizist ihn findet, und wenn er einen Monat lang sucht. Und in der Bucht von Bebek wird ihr Boot vor Anker liegen, so eines, das sie Yacht oder so ähnlich nennen. Aber wem wird Semih wohl das größte Haus geben, wenn nicht seinen besten Freunden, seinen Brüdern und Partnern Hayri und Süleyman? Und sollte Semih auch nur wagen, sie zu leimen, gibt es Riesenputz, und Süleyman wird ihm ein Ding verpassen, mitten zwischen die Augen, dass er mit heraushängender Zunge daliegt in seinem Blut. Mido wird vor Eifersucht platzen. Hayri und Süleyman lieben Mido auch, aber Semih hat zur Bedingung gemacht: Niemand darf diese Hure in seinem Haus aufnehmen! Was fällt diesem Semih eigentlich ein, sich in fremde Angelegenheiten zu mischen? Redet ihm denn jemand drein, wenn er die Mädchen in die verfallenen Paschaschlösser lockt oder, was noch schlimmer ist, wenn seine Freunde durch ihn in den tiefsten Schlamassel geraten? Nein, über Mido hat Semih nicht zu bestimmen. Damit sind weder Süleyman noch Hayri einverstanden.

Ach, Ali Schah, ach! Zeig, was du kannst, Ali Schah!

Vielleicht auch findet Onkel Mahmut einen Weg und bringt diese Käfige voller Vögel an den Mann. Dann nichts wie los, juchheeeeeeeee!

Sind schon lustige Kerle, deine kleinen Vogelfänger«, meinte Mahmut.

»Ja, lustige Kerle. Konntest du etwas für sie tun?«

»Ich versuche es. Warte ab und hab Geduld. Die Stadt ist voller Menschen, sie wimmeln wie Ameisen, aber was für Menschen …«

Sie sind in sich gekehrt und sehen nicht weiter, als ihre Nasenspitzen reichen. Sie haben sich versteckt, sich hingekauert in ihre eigene Finsternis. Und ausgerechnet die sollen auf diese flatternden kleinen Vögel aufmerksam werden, die vor der Neuen Moschee in engen, glänzenden Käfigen darauf warten, dass die Menschen sie befreien und sie wieder über den verschmutzten Bosporus fliegen können? Nein, übereinanderhockend, eng aneinandergepresst, werden sie sterben.

»Reg dich nicht auf, Mahmut, mein Guter.«

Mahmut kann wütend werden, ja rasend vor Grimm.

Er ärgert sich nicht über jene, die die Vögel fangen und in die übervollen Käfige sperren. Nein, Mahmut ist wütend auf jene, die sie nicht aus ihren Käfigen befreien und damit ein gutes Werk tun; ihnen allein gilt sein Vorwurf.

Mahmut wird morgen, spätestens übermorgen nicht zum Fischen hinausfahren; er wird die Jungen samt ihren vollen Käfigen zur Sultan-Ahmet-Moschee bringen oder vor die Hagia Sophia, wird mit ihnen nach Usküdar fahren, in das alte Muslimviertel, wird sich mit ihnen von Eyüp nach Taksim, von Taksim nach Şişli begeben, wird auf den Plätzen dort nach Menschen suchen, die sich ein bisschen Liebe für die Vögel, ein bisschen Nächstenliebe bewahrt haben. Er ist sicher, dass er sie finden wird. Vielleicht wird eine alte Frau, gehüllt in einen weißen Überwurf, leichtfüßig wie eine Fee daherkommen, ein betagtes Mütterlein, und sie wird ihnen einen Zweieinhalb-Lira-Schein reichen und um einen Vogel bitten, wird ihn in die Hände nehmen, mit ihrem Zeigefinger seinen Rücken kosen, wird ihm mitfühlend und liebevoll in die verschreckten schwarzen Augen blicken, und während ihr warmer Atem über sein Gefieder streicht, wird sie mit ihren dünnen Lippen ein längst vergessenes Gebet flüstern. Und dann wird sie ihre rechte Hand emporstrecken, wird sie öffnen, und der kleine Vogel wird sich noch einen Augenblick ängstlich in die Mulde ihrer warmen Hand schmiegen, doch plötzlich wird er sich ein Herz fassen, wird wie ein Pfeil emporschießen, voller Freude im Zickzackflug zwischen den Minaretten das Weite suchen und verschwinden.

Früher, als auch Mahmut Vögel für das Paradies verkaufte, kamen die Menschen zu Hunderten, um sie freizukaufen. Dann breitete sich überall Freude aus, die Welt war erfüllt vom Glück der Menschen und Vögel. Vogelscharen bevölkerten den Himmel, und er hallte wider von ihrem Freudengesang.

An Kinder verkaufte Mahmut nur widerwillig. Die meisten von ihnen wollten die Vögel nicht freilassen, viel lieber spielten sie mit ihnen. Sie fesselten ihre Beinchen an Bindfäden, sodass sie wohl fliegen, aber nicht entwischen konnten; sie sperrten sie in enge Käfige oder steckten sie unter ihre Hemden, wo sie in der Körperhitze erstickten. Viele Kinder waren zutiefst bekümmert, wenn sie den Tod eines Vogels an ihrer Brust verursacht hatten, sei es, weil sie ihn dort im Eifer des Spiels vergaßen oder mit seinem Tod nicht gerechnet hatten. Manche aber schienen überhaupt kein Mitleid zu haben. Zumindest ließen sie es sich nicht anmerken, wenn sie den toten Vogel unter ihrem Hemd hervorzogen und ungerührt wie einen Stein fortwarfen. Mahmut wusste im Voraus, wie sich die Kinder verhalten würden. Ich weiß nicht, woher, vielleicht lag es am Ausdruck ihrer Augen, an der Haltung ihrer Hände, irgendwie erkannte er sie. Das eine Kind empfand größten Kummer über den Tod des Vogels, den es verursacht hatte, kam wieder, kaufte sich noch einen Vogel, nahm ihn in seine kleinen Hände, behutsam und voller Angst, ihm weh zu tun, hielt ihn mit Achtung und Liebe. Das andere Kind aber sah von Weitem zu Mahmut herüber, zu den Käfigen und Vögeln, mit wütenden, feindseligen Blicken.

In seinem Alter noch wird Mahmut also morgen oder übermorgen in der großen Stadt Istanbul Vögel verkaufen, wird er nach Menschen suchen, die sich in einem Winkel ihres Herzens noch Liebe, Achtung und Mitleid für die Vögel bewahrt haben; und er wird sie finden. Denn Mahmut sagt, dass die Menschlichkeit niemals ausstirbt. Er wird nachforschen, ob sie in der Stadt Istanbul gestorben ist oder nicht. Er wird Istanbul den Puls fühlen.

Früher, es ist schon lange her, verkaufte Mahmut allein vor der Neuen Moschee in wenigen Stunden sechshundert Vögel in die Freiheit des weiten Himmels, und der Eminönü-Platz, ja ganz Istanbul füllte sich mit Freude, Liebe, Freundschaft und der

Schönheit des Mitleids. Das Glücksgefühl, einem Vogel die Freiheit zu geben, ein Leben zu retten … Mahmut kann die kindliche Freude, das Glück, den Ausdruck der Menschen nicht vergessen, wenn sie einen Vogel freigelassen hatten und mit leeren Händen hinter ihm hersahen, bis er verschwunden war. Betagte, vom Alter gebeugte Menschen hüpften oft wie Kinder und klatschten, wenn ein Vogel aus ihren geöffneten Händen emporstieg, und lachten hinter ihm her. Ob es in diesem Istanbul wohl noch Menschen gibt, die über etwas Schönes, Gutes, über ein freudiges Ereignis so herzhaft lachen können?

»Aber Mahmut, jetzt wirst du genauso bitter wie die Leute.«

Ja, ja, natürlich gibt es sie, wie könnte es anders sein. Es handelt sich schließlich um das Menschliche. Wie Schichten liegt es übereinander, und das Kostbarste und Härteste liegt wie ein Edelstein am tiefsten. Du schälst es heraus, befreist es von der ersten, zweiten, dritten, vierten und fünften Schicht, und es tritt immer heller, immer schöner zutage. Was hässlich ist am Menschen, ist seine äußerste Schale. Ein Mensch, der diesen Namen verdient, ist jener, der unermüdlich versucht, sich dieser Schalen zu entledigen, und anderen Menschen hilft, sich davon zu befreien. Je mehr er schält, desto heller leuchtet es, je tiefer er vordringt …

»Hör auf, Mahmut, hör auf!«

»Nein, ich höre nicht auf«, brüllte Mahmut, »ich lasse nicht zu, dass über die Menschen nur gelästert wird. Irgendwo muss sich irgendetwas erhalten haben. Nein, ich höre nicht auf! Es ist da. Und es leuchtet. Wenn wir es nicht finden, sind wir nicht stark genug, wenn wir das Licht nicht sehen, ist unser Auge blind durch die Dunkelheit in uns.«

Selbst in Augenblicken, in denen du vom Tod jeder Hoffnung überzeugt bist, leuchtet plötzlich das Menschliche wie eine Blume der Zuversicht tausendfach wieder auf.

Auch bevor dieses Istanbul gegründet wurde, sind diese kleinen Vögel, woher sie auch immer kommen mögen und wohin sie auch immer fliegen, hier in der Ebene von Florya wie ein bunter Regen auf die verdorrten Kardenbüsche niedergegangen. Sie pickten ihre Samen auf, öffneten gekräftigt ihre Flügel und flogen mit den rauen Januarwinden weiter zu anderen Kardenfeldern irgendwo auf dieser Erde. Vielleicht waren ihre Nester aber auch in einer unendlich weiten Ebene, die noch kein Vogel durchflogen, keine Karawane bezwungen hatte. In das hohe Gras dieser unendlichen Ebene bauten sie Millionen Nester, legten die Weibchen ihre Eier und nahmen sie voll Erwartung unter ihre warmen Fittiche. Und die Männchen brachten ihren brütenden

Weibchen winzige Kardensamen. Waren die Jungen zu Millionen geschlüpft, zierlich wie Libellen, öffneten sie gierig ihre weiten Schnäbel und warteten auf Nahrung. Blumen über Blumen blühten in der Ebene, und sie, die Jungen, mochten vielleicht keine Karden, sondern waren ganz versessen auf die winzigen Samen dieser Blumen.

Als Istanbul gegründet wurde, wuchsen hier, wo jetzt der Wald steht, und dort, wo Yeşilköy, Şenlikköy und Bakirköy liegen, vielleicht auch in der Ebene von Florya, Karden, so weit das Auge reichte; und die Abermillionen Vögel, die in jener unendlichen Ebene geboren waren, fielen wie ein farbenfroher Regen auf diese Karden nieder. Aber vielleicht kamen sie auch in kardenbedeckten Hängen auf die Welt oder in den Wäldern – wer weiß es …

Die Kinder Ostroms, Byzanz' und des Osmanischen Reiches fingen diese Vögel mit Leimruten und allen erdenklichen Fallen. Und damals wie heute warteten zappelnde, flügelschlagende Vögel in großen Käfigen vor Kirchen, Moscheen und Synagogen auf ihre Befreiung. Es wurde Brauch beim Volk und bei den Vogelfängern.

Im Laufe der Zeit schrumpften die Kardenflächen immer mehr. Şenlikköy, Yeşilköy, Ambarli, Cennet Mahallesi, Telsizler, Menekşe, Florya und Basinköy entstanden. In der Ebene von Florya, wo früher unzählige Veilchen blühten, wurden diese hässlichen Wohnhäuser aus Beton aufgetürmt. Für die Vögel blieb nur noch der kleine Raum zwischen dem Meer und dem Wald, zwischen Menekşe und Basinköy, und sie kommen Jahr für Jahr und suchen in den letzten Karden Nahrung und Schutz. Der Eigentümer dieser Kardenöde hat das Land in Parzellen aufgeteilt und den Quadratmeter für dreihundertundfünf Lira an die Neureichen verhökert. Als wären es Goldminen, hat in Istanbul der Sturm auf das Land begonnen. Für eine Handbreit Boden werden diese gerissenen Ungeheuer sich gegenseitig die Augen auskratzen, einander vergewaltigen, an die Kehle gehen und in Stücke reißen. Für eine Handbreit Parzellenboden. In einem Jahr schon wirst du nicht ohne Übelkeit dorthin blicken können, wo jetzt noch die kupferfarbenen Karden stehen; hässliche Appartementhäuser und Villen werden an ihrer Stelle wachsen. In den Straßen dort werden Menschen eitel flanieren, Geschöpfe, die nicht mehr wissen, was Menschsein bedeutet, und deren Lebensinhalt darin besteht, Geld zu raffen und sich zur Schau zu stellen. Ihre Autos werden, hundertfünfzig, zweihundert Kilometer in der Stunde schnell, auf dem breiten Asphalt daherrasen und manchen Menschen zerschmettern. Vielleicht werden die Vögel einem tief in ihrem Inneren verankerten, uralten Trieb folgen und herkommen, werden dort über der riesigen Platane, die längst gefällt wurde, einen Augenblick verweilen, nach irgendetwas Ausschau halten, werden versuchen, sich an etwas zu erinnern, während sie über diesen Betonhaufen kreisen, und wenn sie vergeblich nach einem Platz gesucht haben, auf dem sie sich niederlassen können, werden sie, eine wehmütige Erinnerung, auf und davon fliegen.

»Genug, Mahmut! Genug jetzt!«

»Geben wir der Stadt Istanbul noch eine Gelegenheit, sich zu bewähren. Ein letztes Mal noch.«

An jenem Tag regnete es bis zum Abend. Eine Zeit lang schien es, als klare der Himmel auf. Dann kräuselten leichte Böen das Meer vor Ambarli, eine schwarze Wolke zog auf, bedeckte bald den ganzen Himmel, und es begann erneut zu regnen.

Als ich früh am nächsten Morgen erwachte, war der Himmel wie reingewaschen, kristallklar, fleckenlos und von einem glänzenden, samtenen Blau. Ein großes Flugzeug kam über die Prinzeninseln geflogen, und nachdem es mit Getöse auf dem Flugfeld gelandet war, dehnte sich der Himmel wieder weit und leer, als habe ihn nie ein Flugzeug durchflogen, noch je der schillernde Flügel eines Vogels. Ein stiller, blauer, unendlich weiter Himmel. Man musste meinen, er werde bis in alle Ewigkeit so daliegen.

Ich hatte Hemmungen, die Jungen aufzusuchen, befürchtete, sie könnten meinen, ich käme wegen des Falken oder gar des Geldes. Dennoch war ich sehr gespannt, wie sich die Dinge entwickelt hatten, denn ich hatte auch Mahmut längere Zeit nicht gesehen. Ich ging hinunter nach Menekşe. Unterwegs sah ich Hüseyin Uzuntaş, er raste auf dem Fahrrad, das ihm sein Vater, ein Eisengießer, eigenhändig gebaut hatte, auf der Bahnhofstraße hin und her. Cano flickte seine Netze. Wollte Ali der Lange, der Tatare, sich nicht von den Fischern am Goldenen Horn ein Netz knüpfen lassen? Ob er schon wieder zurück war? Und Nuri war gestern Nacht hinaus zum Fischen, vielleicht war Mahmut mit ihm hinausgefahren.

Ich warf einen Blick ins Kaffeehaus; der alte Hakki und Haydar der Schlaukopf spielten *Konken*. Die bunten Kutter und Fischerboote lagen vertäut in der kleinen Flussmündung. Özkan und Ahmet der Japaner strichen ein Boot, die frische Farbe leuchtete orangegelb. Kazim Agha versuchte mit seinen wimpernlosen, geröteten Augen den Himmel und die Sonne zu betrachten und ließ dann den Blick über den Strand schweifen. Im Kaffeehaus war sonst niemand. Ich ging den Strand entlang bis nach Florya. Im »Kasino der Familie« saß Veysel; er war allein und lauschte der Musik im Radio. Am Bootssteg stieg fröstelnd, die Hände zwischen die Schenkel gepresst, ein dicker Mann in langen weißen Unterhosen ins Wasser.

Ich ging weiter, am Präsidentenpalast vorbei, den öffentlichen Strand entlang, bis zur großen Platane, von der, kaum hörbar, ein dumpfes Grummeln ausging. Die Blätter des Baumes waren schon gelb und nahmen bereits eine rötliche Färbung an. Als einige dieser roten Blätter vor mir langsam zu Boden segelten, blickte ich hoch. Und plötzlich sah ich ihn. Hoch über der Krone des Baumes, die Flügel weit gespannt, kreiste ein riesiger Habicht. Doch nein, so groß kann ein Habicht nicht werden, auch hat er nicht so breite Flügel. Und ich erinnerte mich, dass in dieser Gegend mittelgroße rote Adler vorkommen. Im vorigen Jahr fand Nevzat einen von ihnen im Wald mit gebrochenem Flügel. Ein Wunder an Schönheit, aber kaum dass sein Flügel verheilt war, hielt es ihn keinen Tag länger im Hause Nevzats, und er flog auf und davon. Vielleicht war es ein roter Adler, der da oben flog, ein Rotmilan. Sollte es den Jungen gelingen, ihn zu fangen, würde ich ihnen zahlen, was immer sie forderten. Da nun der Vogel dort oben seine Kreise zog, hatte ich endlich einen

Anlass, sie aufzusuchen. Ich ging unter der Brücke hindurch und nahm den Pfad zwischen den Pappeln und dem Wald. Sie empfingen mich voller Freude.

Süleyman reckte die Arme gegen den Himmel, als wolle er fliegen: »Sieh, Onkel, sieh!«, rief er. »Schau in den Himmel! Kaum bist du hier, ist auch schon ein Habicht gekommen.«

»Das ist kein Habicht. Sieh genau hin! Das ist ein Rotmilan.«

Süleymans Freude verflog auf der Stelle. Er sackte zusammen wie ein Luftballon, in den man eine Nadel gestochen hat. Sein Gesicht verfinsterte sich. »Also ein Rotmilan«, er seufzte betrübt.

»Das macht doch nichts«, erwiderte ich lachend. »Wenn ihr mir diesen roten Adler fangt, könnt ihr von mir haben, was ihr wollt.«

Kaum hatte ich das gesagt, strahlten Süleyman und Hayri wieder und waren ganz außer sich vor Freude.

»Menschenskinder!«, rief ich. »So ein Rotmilan ist doch etwas ganz anderes als ein Falke, der nur Wachteln schlägt. Adler, vor allem diese roten, jagen auch Hasen.«

»Und ein Hase ist vierzig Lira wert, nicht wahr?«, fragte Süleyman vorschnell, ohne zu überlegen, und obwohl er sofort die Augen senkte, war mir ihr erstauntes Aufblitzen nicht entgangen.

»Vierzig Lira, sogar fünfzig!«, warf ich ein, bevor er diese peinliche Frage bereuen konnte.

Er überlegte einen Augenblick, dann sah er mir gerade in die Augen und sagte entschlossen: »Wir müssen ihn fangen, und dann muss er zu Ali Schah gebracht werden, damit er …«

»Aber erst einmal musst du ihn haben«, unterbrach ich ihn.

»Nichts einfacher als das«, fuhr er fort. »Sieh doch, wie er da oben lauert und gierig auf unsere Köder starrt. Er hat sogar den Kopf zur Seite gedreht. Der wird mir gleich ins Netz gehen. Wie groß er ist! Hoffentlich zerreißt er es nicht.«

»Fangt ihn! Ich kaufe euch ein neues Netz.«

»Ob es in dieser Gegend wohl nur einen dieser Rotmilane gibt?«, fragte listig der Lange.

»Nur einen? Wo denkst du hin?«

»Dann ist es gut; komm heute Abend, Onkel, und hole deinen Vogel.«

»In Ordnung«, antwortete ich.

Behutsam und unauffällig steckte ich ihm das Geld, das ich mir vorher zurechtgelegt hatte, in die Tasche. Aber Süleyman merkte es und drehte sich zu mir um. Er sah mich an, voll Zuneigung, und seine großen Augen füllten sich mit Tränen.

»Morgen kommt Onkel Mahmut«, sagte er.

»Wir werden die Vögel in die Stadt bringen«, ergänzte Hayri, der aus seinen Zukunftsträumen aufgewacht war. »Er hat uns drei Käfige gebracht, jeder so groß wie ein Zimmer.« Dabei zeigte er auf die Käfige, die am Drahtzaun aufgereiht standen, auch sie bis zum Rand vollgestopft, ein Farbenrausch übereinander zappelnder und verhalten zwitschernder Vögel.

Ich hatte mich schon ein Stück von ihnen entfernt, als Süleyman, die Augen am Himmel, wo der Rotmilan stand, hinter mir herschrie: »Schau, Onkel! Er kommt immer näher. Komm heute Abend, und hol dir deinen Vogel. Todsicher!«

»Ich werde kommen«, rief ich zurück.

Ich ging nach Hause, setzte mich vor das Fenster und beobachtete den kreisenden Vogel. Wenn er hinunterstieß und gefangen wurde, würde ich es von hier aus sehen.

Es wurde Abend, die Sonne ging unter, aber der Vogel stand immer noch fast bewegungslos hoch über der Platane, als sei er dort festgenagelt. Bis es Nacht wurde, sah ich ihn da oben mit weit gespannten Flügeln. Er schien sich nicht von der Stelle zu rühren. Als die Finsternis hereinbrach, verschwanden Pappel, Platane und der Greif im Dunkel der Nacht.

Wie erleichtert wohl die Jungen jetzt waren, wie froh darüber, dass ich nicht gekommen war …

Mensch!«, sagte Mahmut. »Hätte ich nur ein bisschen Geld! Verdammtes unmenschliches Leben! Nur ein bisschen Geld …«

»Sie würden es nicht annehmen.«

Er stutzte und sah mir in die Augen.

»Stimmt, sie würden es nicht annehmen; alle Achtung!« Über sein Gesicht huschte die Freude, gerade eben einen Zipfel Hoffnung, Ehre und Menschlichkeit erhascht zu haben.

»Nein! Sie würden es nicht annehmen«, wiederholte er, und es klang wie ein Jubelschrei.

»Wo sind die Jungen jetzt, Mahmut?«, fragte ich. »Haben sie einen großen Vogel gefangen? Einen Adler zum Beispiel, einen Habicht oder Falken?«

Mahmut überlegte, dann schüttelte er den Kopf: »Nein!«

»Wo sind sie denn jetzt?«

Er lachte. »Wo sollen sie schon sein? Sie fangen ununterbrochen Vögel, sitzen vor ihrem Zelt und starren mit letzter Hoffnung in den Himmel, wo ein Rotmilan seine Kreise zieht, und warten, dass er ihnen ins Netz geht.«

Ich sah auf. Der Greifvogel war dort, hoch am Himmel über der Platane, und ich kann beschwören, dass seine Flügel vor Gier zitterten, als wittere er die Beute, als wolle er jeden Augenblick mit Heißhunger auf die Lockvögel niederstürzen.

»Ich sehe ihn«, rief Mahmut freudig.

»Er ist es, auf den sie lauern«, sagte ich.

»So ist es.« Mahmuts Stimme klang bekümmert.

»Übermorgen fahre ich im Morgengrauen zum Fischen in die Dardanellen; ich werde einige Wochen weg sein.«

»Und die Kinder?« Erschreckt fuhr ich hoch. »Und alle ihre Käfige voller Vögel?«

»Gott ist barmherzig«, sagte Mahmut und lachte.

Mahmut war überzeugt, dass auf den Vorplätzen der Moscheen, der Kirchen und Synagogen oder im Stadtteil Sirkeci nichts zu erhoffen war.

»Zuerst gehen wir ins Wellblechviertel von Kazliçeşme«, entschied er, als sie sich die Käfige aufluden. »Die Menschen dort sind erst vor Kurzem aus Anatolien hergezogen. Wer weiß, vielleicht …«

»Gehen wir«, sagte Süleyman.

Hayri ging als Letzter.

In dieser Reihenfolge stiegen sie auch in Kazliçeşme aus dem Zug. Mahmut vorneweg und hinter ihm mit den größten beiden Käfigen der lange Süleyman, dessen Hals vor Anstrengung immer länger wurde, während die Vögel in der Enge kaum atmen konnten. Das Schlusslicht bildete Hayri.

Mahmut führte sie ohne Umwege zum größten Platz von Kazliçeşme. Auf dem Platz stand ein Brunnen aus grob gehauenem Kalkstein, aus dem Hahn floss ein fingerdicker Wasserstrahl in einen daruntergestellten Kanister. Daneben stand ein Mädchen, barfuß, mit großen Augen, die braunen Haare in zahlreiche Zöpfchen geflochten; hinter ihr eine lange Schlange barfüßiger Mädchen, junger und hochbetagter Frauen, in buntbedruckten Kattunkleidern und groben Gummigaloschen. Am Rande des Platzes standen fünfzehn bis zwanzig Männer im Kreis um ein dröhnendes Etwas, vielleicht ein Motorrad, und versuchten es zu reparieren. In ihrer Nähe spielten drei Kinder mit ihren Reifen.

Sie stellten die Käfige mitten auf den Platz, und wie aus dem Boden geschossen – woher kamen nur all diese Kinder – sammelten sich die Menschen um sie. Zuerst die Kinder, danach die Alten, darauf die Frauen vom Brunnen und die Männer, die eben noch an der Maschine hantiert hatten, die Leute umringten sie, die Menschenmenge wuchs und wuchs. Wer neu hinzukam, zwängte sich erst einmal neugierig nach vorne, betrachtete die Vögel in den Käfigen, suchte nach einer Erklärung und ging dann ratlos in den Kreis der Wartenden zurück. So standen sie schweigend eine Weile da. Endlich fasste sich ein junger Bursche ein Herz und ging fragend auf Mahmut zu, der neben einem der Käfige stand. »Diese Vögel«, sagte Mahmut, »also, diese Vögel …« Es fiel ihm schwer, die richtigen Worte zu finden. »Wir haben diese Vögel hergebracht, damit jeder von euch einen kauft, und …« Er wusste nicht, wie er den Satz beenden sollte.

»Was sollen wir denn mit ihnen anfangen, wenn wir sie gekauft haben?«, fragte halsstarrig der junge Mann. Auch er trug einfache Überschuhe aus Gummi. Sie waren schlammbedeckt. An seinen Beinen klebte eine enge, mit Flicken übersäte Hose, die Ärmel seiner violetten Jacke aus grobem Stoff waren durchgewetzt. Seine Hände waren sehr groß. Jetzt hatte er die Handflächen nach außen gekehrt, ratlos, mit gespreizten Fingern.

»Siehst dus denn nicht?«, belehrte ihn ein alter Mann mit ergrautem, schlaffem Schnurrbart, bevor Mahmut antworten konnte. »Was macht man wohl mit diesen kleinen Vögeln? Wir werden sie in einen Käfig sperren und jeden Morgen ihrem schönen Gesang lauschen.« Dann, nach kurzem Schweigen: »Und jeden Abend.«

»Sünde!«, schimpfte eine alte Frau. »Erblinden sollen sie! Fangen diese winzigen Vögelchen, so niedlich und nicht größer als ein Daumen, und stopfen sie in einen engen Käfig. Erblinden sollen sie!«

»Nein, nein!«, sagte Süleyman. »Ihr dürft diese Vögel nicht in einen Vogelbauer sperren. Sogar in diesen großen Käfigen werden sie keine zwei Tage überleben. Sie werden sterben. Ihr sollt sie kaufen und in den Himmel fliegen lassen. Ihr werdet ihnen das Leben retten. Ihr werdet sie befreien und vor dem Tod bewahren.«

»Was werden wir? Was werden wir?«, fragte ein Junge mit Spott in der hellen Stimme. »Was sollen wir tun?«

»Ihr werdet …«

Hayri kniff Süleyman so heftig in den Schenkel, dass ihm das Wort im Halse stecken blieb.

»Ha, ha, haaa!«, lachte jemand lauthals und lange. »Wir sollen sie kaufen und in die Luft werfen, ha, ha, haaa …! Hoffentlich sind sie nicht teuer.«

»Nur zweieinhalb Lira«, entfuhr es Süleyman.

»Ich soll dir also zweieinhalb Lira geben, dafür von dir einen Vogel bekommen und in die Luft werfen, ist es so?«, fragte eine Frau; sie hatte ein langes, ovales Gesicht und trug ein schwarzes Kopftuch.

»So ist es«, antwortete Süleyman.

»Und warum sollte ich für zweieinhalb Lira einen Vogel in die Luft werfen?«

»Um ein gutes Werk zu tun, ein gutes Werk …«

Ein untersetzter, blonder junger Mann ergriff das Wort: »Ihr seid gut, bei Gott! Ihr begeht eine Sünde, indem ihr die Vögel fangt, und wir sollen in den Besitz der Gnade gelangen, indem wir sie freilassen. So ist es doch, oder?«

Die Menschenmenge wurde immer größer. Jeder, der die Ansammlung auf dem Platz bemerkte, stürzte aus dem Haus und gesellte sich dazu.

»Seht her!«, rief Süleyman mit lauter Stimme. »Ihr kauft für zweieinhalb Lira einen dieser Vögel, sprecht über ihn ein Gebet, werft ihn in die Luft, und er fliegt davon.«

Atemlos lauschte die Menge Süleymans Worten. Mahmut und Hayri waren in Schweiß gebadet. Aber Süleyman war abgebrüht.

»Und wohin? Geradewegs in den Himmel. Und wenn ihr sterbt und im Jenseits angelangt seid, wird euch der Vogel an der Pforte des Paradieses erwarten.«

Eine scharfe Frauenstimme aus der Menge durchschnitt wie ein Messer Süleymans Rede: »Uiii, Junge, uiii! Eher möge deine Mutter sterben!«

Alles lachte.

»Erblinden sollen sie!«, zeterte die Frau mit dem schwarzen Kopftuch.

»Diese Gottlosen haben in Wald und Flur keinen einzigen Vogel zurückgelassen; sie haben alle gefangen, oh, diese ungläubigen Schweine!«, schrie ein junges Mädchen.

»Gott verfluche euch!«, wiederholte eine monotone Stimme in einem fort.

Es dauerte nicht lange, und der Platz wimmelte von Menschen wie ein Jahrmarkt.

Und jetzt wusste jeder etwas beizutragen. Wer neu kam, bahnte sich erst einmal einen Weg bis zu den Käfigen, mischte sich dann in den Disput und tat seine Meinung über Vögel, Sünde und Gnade kund.

»Was für ein Frevel!«

»Du meinst wohl: ein gutes Werk!«

»Gnade! Dass ich nicht lache!«

»Wie Sonnen leuchten sie in den Käfigen!«

»Nicht mehr lange, und sie sind alle tot!«

»In dieser Enge …«

»Oh, möge dich der Erdboden verschlingen, in deiner ganzen Länge, du Tagedieb, der du diese Vögel wie Baumwolle zusammengepresst, wie Käse eingestampft hast!«

»Möge dich eine geölte Kugel dahinraffen!«

»Befreien wir sie doch alle!«

»Zumal es doch ein gutes Werk sein soll …«

»Lasst uns die Käfige öffnen!«

»Es ist doch schade um die Armen!«

»Wer weiß, wann sie die schon gefangen haben …«

»Vielleicht kommt man wirklich ins Paradies, wenn man einen Vogel freikauft?«

»Spinn hier nicht rum, Mann! Ins Paradies!«

»Ist doch alles Schnickschnack!«

»Und wenn sie es für ihr tägliches Brot tun?«

»Sieh dir doch den Langen an, nur Haut und Knochen …«

»Der ist so ausgedörrt, weil er sich an den Vögeln versündigt.«

»Mach nur so weiter, Langer, und Gott wird dich mit Lähme schlagen!«

»Hast du denn keine Mutter, keinen Vater?«

»Haben sie dir nicht gesagt, dass es Sünde ist, diese winzigen Vögel zu fangen?«

»Und du in der Hölle zu Asche verbrennen wirst?«

»Dass du auf Erden schon im Elend endest?«

»Und nie Erlösung finden wirst?«

Die Menschen auf dem Platz von Kazlıçeşme waren in Aufruhr. Einige wollten die Käfige zertrümmern und die Vögel freilassen, andere diesen »langen Burschen« tüchtig verprügeln, so lange, wie ein »Esel an der Tränke verweilt«. Aber es waren auch welche darunter, die ihn verteidigten. Währenddessen standen Mahmut und Hayri stumm und verloren im Gedränge. Mittelpunkt der tobenden Menge war Süleyman, mit lang ausgestrecktem Hals überragte er alle, seine Augen traten ratlos aus den Höhlen. Er schwitzte Blut und Wasser, mühte sich ab, jedem

Spötter, jedem Schimpfenden, jedem Angreifer und jedem Frager Rede und Antwort zu stehen.

Keiner wusste, wie es dann geschah. War es Mahmut, der einen rettenden Einfall hatte? Oder einer seiner Freunde, der zufällig vorbeikam? War es die warnende Trillerpfeife eines Polizisten? Auch Mahmut kann sich nicht erinnern. Jedenfalls waren sie plötzlich der Menge entkommen und fanden sich auf dem Bahnhof von Kazliçeşme wieder. Sie sprangen in einen Zug, wo sie – o herrliche Welt! – erleichtert aufatmeten. Vom Platz von Kazliçeşme drang der Lärm hitzigen Streits, schrillten empörte Schreie bis zu ihnen herüber.

In Sirkeci stiegen sie aus dem Zug. Hier wimmelte es von Menschen. Sie stellten die Käfige vor der Neuen Moschee auf. Süleyman begab sich auf die Freitreppe und schrie, dass ihm die Halsadern schwollen: »Fliege, Vogel, fliege vor! Wart auf uns am Himmelstor!«

Auch hier scharten sich die Menschen um die Käfige, betrachteten die Vögel, aber gleich hasteten sie wieder auseinander. Andere gingen weiter, warfen kaum einen kurzen Blick auf die Käfige.

Plötzlich geschah ein Wunder. Ein Mann in den Zwanzigern blieb auf den Stufen der Freitreppe vor den Käfigen stehen. Er trug Gummischuhe, und seine Hosen steckten in handgearbeiteten, grob gemusterten Wollstrümpfen – ein Dörfler. Über buschigen Augenbrauen fielen seine glänzenden, schwarzen Locken in die breite Stirn. Breitschultrig, die Hände in die Hüften gestemmt, betrachtete er eine Weile die Vögel, blickte suchend in den Himmel und dann, mit einem Anflug von Trauer, zu den Tauben hinunter, die auf dem Vorplatz eifrig pickten. Schließlich wandte er sich schwerfällig wieder den Käfigen zu, zog bedächtig einen blaubestickten Geldbeutel hervor und fragte mit dunkler, Achtung gebietender Stimme: »Was kostet so ein Vogel?«

»Zweieinhalb Lira«, antwortete Süleyman fast gleichzeitig.

Der Mann bückte sich und sah prüfend in den Käfig. »Gib mir diesen hier, den da und den!«, sagte er und drehte sich nach Süleyman um.

Voller Freude steckte Süleyman seine Hand in den Käfig, griff nach den Vögeln und hielt sie dem Fremden hin. Der Mann nahm einen, betrachtete ihn sorgfältig, verzog dann missmutig den Mund und sagte: »Diesen hier wollte ich nicht haben. Du hast mir den falschen gegeben. Den da!« Dabei zeigte er auf einen Vogel, dessen Flügel aus dem Gitter hing: »Schau, den da!«

Süleyman griff noch einmal in den Käfig, holte den rotbrüstigen, großen Vogel hervor und reichte ihn dem Mann.

Dieser hatte seinen blaubestickten Geldbeutel schon wieder eingesteckt, nachdem er drei Zweieinhalb-Lira-Noten herausgezählt hatte. Er bezahlte und ging, während er die Federn der Vögel anblies, bis unter die Arkaden der Moschee, blieb dort stehen, streichelte einen von ihnen und warf ihn mit einem Schwung hoch über sich. Der Vogel flog über die Kuppel der Moschee davon.

Mit gleicher Kraft warf er auch die beiden anderen in die Luft, blickte dann gelassen um sich, senkte den Kopf, ging an den Spielwarenhändlern unter den Arkaden vorbei, überquerte zwischen den schleichenden Autos die Straße, blieb auf dem gegenüberliegenden Bürgersteig vor der Bank für Arbeit stehen und betrachtete von dort die Neue Moschee.

Es kamen noch einige Käufer. Ein kleiner Junge begutachtete den Käfig wohl eine halbe Stunde lang. Dann steckte er den Vogel seiner Wahl unter das Hemd, schlängelte sich durch den Straßenverkehr und lief über die Brücke davon.

Danach kam niemand mehr, der Verkauf stockte völlig. Sie gaben die Hoffnung nicht auf und warteten. Einige Fußgänger näherten sich den Käfigen, besichtigten ausgiebig die Vögel und zogen von dannen, ohne einen einzigen zu kaufen.

Süleyman brüllte sich heiser: »Fliege, Vogel! Fliege vor! Wart auf uns am Himmelstor!«

Wart auf uns, bitt für uns! Verdammt sei deine Mutter, so tu doch was für uns …!

Süleymans Stimme übertönte die Rufe der Verkäufer von Rasierklingen, Kämmen, Plastikblumen, Messern, Schraubenziehern, geschmuggelten Zigaretten, Reisigbesen, Büchern, Zeitungen, Altwaren und Kürbiskernen, erhob sich über das Stimmengewirr vor der Neuen Moschee und erstarb im Gehupe der vorbeifahrenden Autos.

Ein Taxifahrer, der mit Mahmut befreundet war, fuhr sie unentgeltlich zur Süleymaniye-Moschee und anschließend noch nach Eyüp. Vor der Süleymaniye hätte es beinahe ein Unglück gegeben. Ein Strenggläubiger mit Rundbart und Käppchen stürzte sich wie ein wild gewordener Stier auf die Jungen und hätte sie samt Käfigen und Vögeln zertrampelt, wenn Mahmut nicht dazwischengefahren wäre. Der Mann, der aus der Moschee kam, die Gebetskette noch durch die Finger gleiten ließ und dazu andächtig betete, ging auf die Jungen und Käfige los, kaum dass er ihrer ansichtig wurde. Aber Mahmut war auf der Hut. Geschmeidig warf er sich zwischen die Käfige und den Frömmling und verhütete so Schlimmeres, während Süleyman und Hayri fluchtartig die Käfige zum Wagen schleppten, wo Riza schon auf sie wartete. Dann erst kam Mahmut hinter ihnen hergelaufen, sprang in den Wagen, und so konnten sie mit Mühe und Not ihre Haut vor dem frommen Mann retten.

Eyüp war wie ausgestorben. Unter der großen Platane im Vorhof der Moschee stelzte ein einsamer Storch, in einiger Entfernung trippelten unzählige Tauben; dann war da noch ein Junge, der mit dem Käppchen auf dem Kopf im Koran las; niemand sonst.

Riza ahnte, ja wusste, was da vor sich ging. Als sei es ganz selbstverständlich, fuhr er sie zum Taksim-Platz. Nachdem er sie dort abgesetzt hatte, fuhr er zurück nach Menekşe.

Taksim brodelte von Menschen. Auf dem Denkmal hatten sich sechs Tauben niedergelassen. Wie ein viereckiges Minarett ragte klotzig das Hotel Continental empor. Sie schleppten die Käfige bis zur Freitreppe. Von der nahe gelegenen Mauer roch es nach Urin. Hayri hielt Ausschau nach einem Pferdestall und war sichtlich beruhigt, als er feststellte, dass der Gestank von der Mauer kam. Grün – gelb – rot, die Ampeln sprangen von einer Farbe auf die andere um; ein Durcheinander von Autos und Menschen strömte auf den Platz, Gehupe und Geschrei vermischten sich zu einem ohrenbetäubenden Lärm. Frikadellenverkäufer, Zeitungshändler und auf den Bürgersteigen reihenweise Zigeuner, die Blumensträuße feilboten, daneben aufgereiht die Schuhputzer hinter ihren goldglänzenden Kästen und dann die Ausrufer der Taxenstände, alle brüllten, so laut sie konnten, und überall drängten sich Menschen, liefen hin und her, um nicht überfahren zu werden; hier ein barfüßiger Landarbeiter, dort eine hochelegante Dame im Pelz, Läden voller Blumen und Bürgersteige, starrend vor Schmutz, Papierfetzen und Erbrochenem, der Gestank von Benzin und Urin, alles mischte sich, verschmolz zu einem ungeheuren Trubel. Süleyman war völlig verwirrt, sein Hals wurde immer länger, und seine Augen traten aus den Höhlen. Hayri hatte sich in eine Ecke gekauert und den Kopf zwischen die Schultern gezogen. Vielleicht hatte er den Ärger bereits vergessen, nur ein Gedanke kreiste ununterbrochen in seinem Kopf. Er drehte sich zu Mahmut und sagte: »Viele Menschen.«

Mahmut lächelte ihn an: »Aber keiner lacht.«

Mahmut musterte die Menge so aufmerksam, als sehe er sie zum ersten Mal.

Süleyman war in den Anblick dieses Tohuwabohus so versunken, dass er Mahmut, Hayri, die Vögel und alles andere, ja sich selbst vergessen hatte. Wie im Traum nahm er das Menschengewühl wahr, die Wohnhäuser, die Schuhputzer, gab sich dem Duft der fetten Schwaden des frisch gegrillten Hackfleisches hin, die von den Karren der fliegenden Händler herüberzogen, ein Geruch, bei dem das Wasser im Munde zusammenläuft und einem vor Heißhunger ganz schwindlig wird, und nach und nach versank alles um ihn herum, die Menschenmassen, die Autos, und Süleyman sah nichts mehr, außer den kleinen Wagen, die scharf aus dem Gewühle herausstachen. Der Wagen, der am nächsten stand, war blau gestrichen und mit kleinen rosa Blümchen und grünen Blättern bemalt. Auf dem Wagen war ein kastenförmiger, gläserner Aufbau befestigt, daneben stand ein Holzkohlebecken, in dem die Glut schwelte. Ein schönes Kohlebecken aus Kupfer, darüber ragte ein langes Ofenrohr fast zwei Meter hoch empor. Im gläsernen Kasten lagen bratfertige Fleischklöße, Klumpen von gewürztem Hackfleisch, große rote Tomaten, Petersilie und Zwiebeln. Mitten hinein in die Auslage hatte der Verkäufer noch eine Rose gesetzt, eine frische, rosarote, gefüllte osmanische Rose. Der Mann trug einen langen, kastanienbraunen Schnurrbart, den Bund seiner Reithosen umschlang eine breite schwarze Bauchbinde. Aber das Erste, was Süleyman an dem Mann auffiel, waren seine langen, Geld zählenden Finger. Himmel, waren die lang! Unwillkürlich warf Süleyman einen Blick auf seine eigenen Hände und wandte sich wieder dem Mann zu. Seine Augen musterten ihn mehrmals vom Scheitel bis zur Sohle und blieben schließlich auf seinem Gesicht haften. Ein derbes Gesicht mit einem Anflug von Trauer darin, aber auch Grimm, der fehlendes Selbstvertrauen vortäuschen sollte.

Mahmut hingegen betrachtete die Vögel, die sich in den Käfigen quälten, dann glitt sein Blick von Süleyman zu Hayri, von den Menschenmassen über die Autoschlangen zurück zu den Straßenhändlern. Er hatte auch auf diesem Platz, genau an der Stelle des sechsten Mannes in der Reihe der Schuhputzer, hinter seinem Kasten, der mit Fischen, Bäumen, Wolken und Meerjungfrauen aus Perlmutt eingelegt war, gesessen und Schuhe geputzt. Seinen Kasten bewunderten damals nicht nur die Schuhputzer vom Taksim-Platz, sein Kasten war berühmt in der ganzen Stadt. Es war der letzte aus der Hand des Meisters Mestan aus Bakirköy, kurz nachdem er ihn vollendet hatte, war er gestorben. Meister Mestan, der weder lesen noch schreiben konnte, der bis an sein Lebensende kein einziges Mal seinen Namenszug auf ein Papier gesetzt hatte, sondern nur den Abdruck seines Daumens, diesmal hatte er unterschrieben, hatte seine blauen Lettern mit Mühe und Sorgfalt kunstvoll in Mahmuts Schuhputzkasten eingearbeitet. Die Buchstaben ähnelten der Schrift der Chinesen, den Hieroglyphen der Ägypter, der Keilschrift der Assyrer, einem Vogel im Fluge; aber am meisten ähnelten sie Meister Mestan. Und Mahmut schwor Stein und Bein, dass diese Schrift Meister Mestan selbst war, seine Gesichtszüge trug, als habe er sich bei »Foto Morgenröte« ein Lichtbild machen lassen. Dass eine Schrift, etwas derartig Verschnörkeltes, wie ein Mensch aussehen konnte, war Mahmut unerklärlich, aber so war es, sie sah dem Alten ähnlich. Und was hatte Mestan Usta gesagt, als er ihm den Kasten übergab? »Da, nimm«, hatte er gesagt, »nimm ihn, Mahmut, mein Kleiner, ich habe schon für viele Menschen Kästen getischlert, aber in keinen habe ich mich selbst, habe ich Mestan hineingearbeitet. Nimm ihn, deinen Kasten, er möge dir von Nutzen sein.« Dann hatte er mit seinem zahnlosen Mund aus vollem Herzen gelacht.

Nun saß Mahmut hier mit den Jungen dicht bei den Käfigen voller Vögel, die mehr tot als lebendig waren, und dem Getümmel der Menschen merkwürdig entrückt, dachte er an den alten Handwerker, und ihm wurde ganz warm ums Herz. Er erinnerte sich an den Tag, an dem Meister Mestan ihm den Kasten gab, wie er schwerelos, als trügen ihn Flügel, zum Taksim-Platz eilte, wie er die Erde, die Steine, die Menschen, die Autos und Tauben vom Taksim-Platz, ja die ganze Welt umarmen wollte. Und sein erster Kunde … Wie dieser ganz verwundert war über so viel Freude, und in seiner Verwirrung das Geld Mahmuts Nebenmann in die Hand drückte und davonging, ohne sich noch einmal umzusehen, wie er plötzlich fröhlich seine Schritte beschleunigte und wie auf Wolken weiterging. Wenn diese Jungen hier ihre Vögel verkauften, würden sie nach Menekşe eilen und den Boden unter ihren Füßen nicht spüren, so unbeschwert wie damals Mahmut.

Süleyman saß immer noch regungslos da und betrachtete in Gedanken versunken den Frikadellenverkäufer. »Ich will ihn nicht stören«, sagte sich Mahmut, »soll er doch eine Weile grübeln.« Süleyman hörte, wie der Kunde sagte, er wolle zwanzig Stück haben. Der Verkäufer hatte eine blaue Schürze umgebunden, an der er ständig seine Hände abwischte. Er war klein und schlank, schätzungsweise fünfundzwanzig Jahre alt. Das Erste, was an seinem Gesicht auffiel, war eine tiefe Narbe auf der rechten Wange, die von einem Furunkel herrührte. Den Glanz seiner großen dunkelblauen Augen konnte Süleyman sogar von seinem Platz aus sehen. Auch Mahmut und Hayri, der immer noch in seiner Ecke kauerte, sahen jetzt zum Verkäufer hinüber, wie er mit flinken Fingern die Hackklöße auf dem rußgeschwärzten, fettigen Rost über der Glut aneinanderreihte. War das Fleisch gar, schnitt er ein halbes Brot bis zur Hälfte auf und steckte, ängstlich bemüht, dass sie ganz blieben, die Hackbällchen nacheinander mit einer kleinen Zange in das aufgeklappte Brot, streute mit den Fingerspitzen Petersilie darüber, tat Zwiebelringe dazu und Tomatenscheiben, die er mit geübter Hand geschnitten hatte. Dann legte er das fertige Brot in rosarotes Papier und reichte es dem Kunden. Der würzige Duft des Gebratenen, der aus dem Abzugsrohr herüberzog, wurde so verlockend, dass er den Hungrigen ringsum fast den Verstand raubte. Der Käufer blickte einige Male um sich und schlug dann seine Zähne in das Brot. Er riss einen so großen Bissen heraus, dass seine Backen ganz dick wurden. Dann hielt er inne, betrachtete die Grünanlagen, die Autoschlangen und vorbeihastenden Menschen, mischte sich heftig kauend unter die Fußgänger und verschwand im Gewühle. Mit freundlichem Lächeln blickte der Verkäufer ihm nach, bis er ihn aus den Augen verlor.

Auch Mahmut lächelte über irgendetwas. Vielleicht über Süleyman, vielleicht über Hayri, vielleicht aber auch über etwas ganz anderes … Er versuchte, die verschnörkelte Schrift auf dem Wagen zu entziffern. Als es ihm gelang, verspürte er eine tiefe Genugtuung. Seine Freude war so groß, dass er für einen Augenblick den Kummer über die halb toten Vögel und die Jungen in ihrer ausweglosen Lage vergaß, der wie ein Stein auf seiner Seele lastete. Silbe für Silbe las er die Inschrift: »In der Hölle gibt es gar kein Feuer, ein jeder nehme seins von hier mit!« ... »Ein jeder sein eigenes Feuer ... von hier ...«, murmelte er vor sich hin. Auf jedem der Wägelchen, die da mitten in der Menschenmenge duftende Schwaden aus ihren Rohren schleuderten, war eine Inschrift. »Stirb nicht, Erzurum, meine Stadt, gib meiner Seele Lebenskraft«, stand auf dem einen. »Ums tägliche Brot mit Schweiß auf der Stirne trotz ich dir, Welt, du Kind einer Dirne!« auf einem anderen und »Der Weg hat ein Ende, der Tag und die Seele, alles vergeht, doch Istanbul steht« auf dem nächsten. Alle Sprüche prangten auf blauem Hintergrund und waren zwischen den Buchstaben mit einem Blumenbild verziert.

Plötzlich entstand ein Tumult, ein schreiendes, rennendes Durcheinander. Die Frikadellenverkäufer sammelten hastig ihre Messer, Brote und Tomaten ein und liefen, ihre Karren vor sich herschiebend, eilig davon, die Schuhputzer warfen die Gurte ihrer Kästen über die Schultern und stoben auseinander, die Brezelverkäufer und fliegenden Händler schulterten ihre Tabletts und flüchteten in alle Richtungen. Und die Menschenmenge stand da und begaffte das Schauspiel, während ein Taxifahrer aus einem der verkeilten Wagen sprang und die Menschen, das ganze Drumherum, sein Schicksal und noch vieles mehr so laut verfluchte, dass es über den ganzen Taksim-Platz hallte. Hayri war aufgesprungen, stand da, geduckt, um sich blickend, bereit zur Flucht, während Süleyman auf der Treppe den Hals weit vorgestreckt hatte, als wolle er hinunterspringen, mit ängstlichen Augen, die weit aus ihren Höhlen quollen.

Auch Mahmut wurde unruhig: »Kommt!«, schrie er. »Nehmt die Käfige und kommt!«

Er griff sich zwei, drei Käfige und lief in die Grünanlagen des Taksim-Platzes. Auch Süleyman und Hayri schnappten sich einige Käfige und rannten los. Die aufgeschreckten Vögel hüpften kreischend und flügelschlagend übereinander. Die Jungen schleppten die Käfige hinter das Inönü-Denkmal.

Genau in diesem Augenblick erschienen die grün Uniformierten auf dem Platz, der sich plötzlich geleert hatte und wie ausgestorben dalag. Wütend rannten sie umher, suchten in allen Richtungen. Nach einer Weile sammelten sie sich und zogen ab.

Kaum waren sie fort, füllte sich der Platz aufs Neue mit Hackfleischverkäufern, Schuhputzern, fliegenden Händlern, Brezel- und Pizzaverkäufern; und ihre Zahl hatte sich sogar verdoppelt, ja verdreifacht. War vorher kein einziger Waffelverkäufer auf dem Platz, so tauchten jetzt von irgendwoher ihrer drei auf, die ihre weiß lackierten, schwankenden Wagen behände vor sich herschoben. Der in der Mitte brüllte aus voller Kehle: »Feinste Waffeln, Honigwaffeln, Honiiig!« Er schrie so laut, dass seine grelle Stimme weit über den Platz schrillte und seine Augen vor Anstrengung tränten.

»Das waren die Greifer«, keuchte Mahmut, »die Greifer von der Stadtverwaltung. Los, zurück zu den Treppen, jetzt ist genau der richtige Augenblick.«

Sie schleppten die Käfige zurück zur Freitreppe und stellten sie auf die untersten Stufen.

Mahmut begann als Erster auszurufen. Er wusste, dass die Jungen noch ungeschickt waren.

»Fliege, Vogel, fliege vor, fliege vooor!« Beim letzten Wort ging sein Ruf in eine schöne, wehmütige Melodie über. In kurzer Zeit wurden sie von vielen Menschen umringt, die stehen geblieben waren und lauschten. Mahmut sang weiter, und es klang wie die Weise eines Volksliedes: »Fliege, Vogel! Fliege vor! Erwarte uns am Himmelstooor! Wart auf uns, oooy, wart auf uns.«

Er stand da und sang für die Jungen. Mahmut, der eher sterben würde, als in der Öffentlichkeit aufzutreten, stand kerzengrade auf dem Taksim-Platz und sang mit seiner schönsten Stimme den Werbespruch eines Vogelhändlers, als sei es ein Wiegenlied, als sei es eine feierliche Kantate, und er empfand Freude dabei, weil es für eine gute Sache war.

Je länger er sang, desto besser gefiel ihm seine Stimme und desto größer wurde die Menschenmenge. Schließlich standen die Zuhörer so dicht gedrängt, dass sie sich fast umstießen, um einen Blick auf die Vögel zu werfen. Mahmut selbst war von seinen Wiegenliedern und Kantaten so hingerissen, dass er von einer Tonfolge in die andere fiel. So sang er wohl eine halbe Stunde lang, vielleicht auch eine ganze, bis er wieder zu sich kam und feststellte, dass während der ganzen Zeit keiner der Umstehenden auch nur einen einzigen Vogel gekauft und freigelassen hatte. Da packte ihn der helle Zorn.

»So kauft doch endlich!«, brüllte er. »Es sind die Vögel dieser Kinder hier. Wenn ihr sie nicht freikauft, werden sie, Herrgott noch mal, in ihren Käfigen krepieren.«

Niemand rührte sich. Sie standen da und beobachteten die Vögel, die, erschöpft von ihren unermüdlichen Fluchtversuchen, wie gelähmt und teilweise mit brechenden Augen in den Käfigen hockten.

»Kauft sie doch!«, rief er. »Kauft sie, meine Brüder! Was kostet euch schon so ein kleiner Vogel? Anstatt zu stehlen und zu betrügen, anstatt sich herumzutreiben und Übeltaten auszuhecken, haben diese Jungen diese Vögel gefangen und geben euch die Möglichkeit, eine gute Tat, ja, eine gute Tat zu vollbringen. Los, Brüder! Kauft die Vögel frei, und werft sie in den Himmel! Lasst sie frei, und ihr werdet sehen, wie wunderschön sie davonfliegen. Kauft sie, Brüder, los, so kauft sie doch!«

Er schaute in den Himmel. Hoch oben stand eine weiße Wolke, rund und reglos. Er beobachtete sie eine Weile, lächelte und sah dann freundlich in die Runde. Als er jetzt weitersprach, war seine Stimme weich, waren seine Augen voller Hoffnung. »Brüder, meine mitfühlenden, barmherzigen Brüder, wer von euch könnte es übers Herz bringen, diese Vögel in ihren Käfigen sterben zu lassen? Also, Brüder, kauft sie! Kauft sie, und werft sie in die Luft, damit sie hinauffliegen und im Paradies der Güte und Schönheit, am Tor des Himmels auf euch warten!«

Über die dicht gedrängten Menschen hinausragend, stand er auf der fünften Stufe der Freitreppe und redete auf die Menschen ein, forderte sie mit der beschwörenden Beredsamkeit eines Propheten zur Barmherzigkeit auf, zum Mitleid mit der Kreatur, ob Vogel oder Wolf. Seine Stimme hob und senkte sich in einem fort. Zornig fordernd, eindringlich bittend, schwoll sie an, wurde weich oder versuchte klagend die Umstehenden zu überzeugen.

»Seht, Brüder! Seht euch diese Vögel und diese Kinder an!«, rief er und zeigte dabei auf die Jungen. »Im Vertrauen auf euch haben sie diese Vögel gefangen. Hätten sie denn sonst die Vögel in Käfige gesperrt, wenn sie nicht überzeugt wären, dass ihr sie vor dem sicheren Tode bewahren würdet? Diese Jungen sind doch auch Menschen voller Mitgefühl. Anstatt mühsam die Vögel zu fangen und ungewollt ihren Tod zu verursachen, hätten sie doch stehlen können – oder töten …«

Plötzlich stieg der Zorn wieder in ihm hoch. Er schäumte vor Wut. Die Menschen um ihn herum hatten die Vögel vergessen, sie standen da und starrten ihn verständnislos an. Die Worte, die er wutentbrannt hervorstieß, überschlugen sich. Doch plötzlich fing er sich, wurde klar und deutlich, als er mit schneidender Stimme rief: »Anstelle dieser Vögel werden sie euch töten. Ja, euch!« Dann kam er wieder zu sich.

»Auf euch vertrauten sie«, fuhr er fort. »Seit tausend Jahren fangen Kinder Vögel, und barmherzige Menschen, voller Mitleid und Menschlichkeit, kaufen sie ihnen ab und lassen sie frei in den Himmel fliegen.« Er zeigte hinauf, wo immer noch im gleißenden Licht die weiße Wolke stand. »Also, Brüder, kauft sie ihnen ab, sie kosten doch nicht viel, nicht mehr als eine Brezel … Zehn Lira! … Also gut, keine zehn, nur fünf Lira!« Mahmut sah ein, dass er auch mit diesem Preis nicht viel erreichen würde, und ging noch weiter herunter: »Zweieinhalb Lira!

Für zweieinhalb Lira!« Und seine Stimme war schon heiser, als er hinzufügte: »Nun kauft doch, Brüder! Seht, das Wetter ist schön, und herrlich scheint die Sonne. Es wäre doch ein Jammer, wenn die Vögel an einem so schönen Tag in den Käfigen bleiben müssten. Nun, was sagt ihr dazu?«

Aber es klang jetzt, als habe er die letzten Worte zu sich selbst gesprochen, und die Leute hatten wohl das Interesse an den Vögeln, den Jungen und Mahmut verloren, denn sie begannen auseinanderzugehen. Als Mahmut sah, dass sich die Menge, die er mit so viel Mühe herbeigerufen hatte, zerstreute, machte er eine letzte Kraftanstrengung: »Kauft sie, Brüder, kauft sie, lasst sie frei, und gewinnt das Paradies!«

Hastig lief er zu den Käfigen, öffnete einen von ihnen, ergriff einen noch munteren Vogel, eilte zurück an seinen Platz, nahm den Vogel zwischen seine Hände, beugte sich über ihn, bewegte seine Lippen wie im Gebet, reckte dann die Faust gegen den Himmel und öffnete sie. Der Vogel schnellte von seiner Hand, flog über die Oper hinweg, zog eine weite Schleife zum Continental, wendete über den Grünanlagen des Taksim-Platzes, flog bis zum Sheraton, von dort weiter über den Bosporus und verschwand.

Mahmut lief zum Käfig. »Seht!«, rief er. »So!

Seht – so! Seht – so!« Und jedes Mal ließ er einen Vogel frei.

Aber die Menschenmenge wurde immer kleiner.

»Und – so!« Mit einem letzten, verzweifelten Aufschrei schleuderte er den Vogel in seiner Hand wie einen Stein gegen den Himmel. Völlig erschöpft, die wirren schwarzen Haarlocken in der schweißnassen Stirn, starrte er auf die Umstehenden.

»Gott verfluche euch!«, sagte er. »Menschen wie ihr! Zum Teufel mit euch!«

Unter den verblüfften Blicken der Zuschauer stieg er die Stufen hinab, ging zu der kleinen Mauer hinüber, setzte sich hin und senkte den Kopf.

Als er nach einer Weile die Augen hob und zu den Jungen hinübersah, war niemand mehr bei ihnen. Verlassen standen sie drüben bei ihren Käfigen auf dem Platz. Süleyman hatte wie immer den Hals vorgestreckt, und Hayri kauerte in seiner Ecke. Mahmut wollte aufstehen und fortlaufen; aber er konnte es nicht über sich bringen, die Jungen, die er hierhergebracht hatte, inmitten dieser Ungeheuer allein auf dem Taksim-Platz zu lassen. Er wagte es aber auch nicht, zu ihnen zu gehen. Ein unbestimmtes Gefühl hinderte ihn, ein Gefühl, das er noch nicht deuten konnte, eine Mischung aus Scham und Schuld.

Und wieder geschah ein Wunder: Ein alter, weißhaariger Mann kam, auf seinen Stock gestützt, zu den Käfigen. Er lächelte, und plötzlich, als habe er sich an etwas erinnert, näherte er sich Süleyman. »Oh! Sind das nicht Vögel?«, fragte er mit weicher Stimme.

»Ja, es sind Vögel«, stammelte Süleyman zaghaft.

»Also Vögel … In meiner Jugend verkauften Kinder wie ihr uns immerfort Vögel, und wir … Was kosten sie?«

»Zahle doch, was du willst«, antwortete Süleyman. Noch muckschte er nach all den beschämenden Demütigungen und enttäuschten Hoffnungen, und in der Erregung neu aufkeimender Freude klang seine Stimme heiser und grob. Er bereute seinen Ton, kaum dass er geantwortet hatte. Doch während er noch wegen seiner rauen Stimme mit sich haderte, hielt ihm der Mann fünfzehn Lira hin: »Gib mir drei Stück!«

Süleymans Hände zitterten: »Sofort, mein Onkel, sofort!«

Im nächsten Augenblick hatte er drei Vögel aus dem Käfig hervorgeholt und legte sie in die Hände des Alten. Den Stock über seinen Arm gehängt, hob der Mann den Kopf gegen den Himmel, sah nach der weißen Wolke, streckte seine Hand empor und ließ liebevoll die Vögel davonfliegen. Er sah noch einmal hinter ihnen her und ging glücklich lächelnd weiter.

Freudestrahlend rannte Süleyman sofort zu Mahmut hinüber: »Schau!«, rief er und zeigte ihm die fünfzehn Lira.

»Steck sie ein!«, sagte Mahmut.

»Komm!«, bat Süleyman.

»Du verkaufst sie doch auch so.« Mahmut holte eine Zigarette aus der Tasche, zündete sie an, nahm einen tiefen Zug und blies den Rauch in die Luft.

»Geh schon, ich bin ja hier«, sagte er dann und wischte sich mit der linken Hand den Schweiß von der Stirn.

Süleyman lief zurück zu den Käfigen. Er stellte sich auf die Treppe und betrachtete die Menschenmassen auf dem Platz. »Ach«, dachte er, »wenn doch jeder von ihnen nur einen Vogel kaufen würde und mit einem Gebet in den Himmel fliegen ließe; das wäre herrlich!« Und immer wieder wanderten seine Blicke zu dem blauen Wagen des Frikadellenhändlers hinüber. Vom Aufbau bis zu den Rädern war er blau gestrichen. Dieses Blau umrankten rosa Girlanden mit Blumen, die noch niemand gesehen hatte, die vielleicht nirgendwo auf dieser Erde wuchsen, magische Blumen mit orangefarbenen Augen. Und inmitten der Blumen, unter einer runden weißen Wolke, ein See, von Licht umflutet und blaugrün. Schwäne schwammen auf dem Wasser, sieben Stück genau, mit langen Hälsen. Am

Ufer des Sees wuchs Schilf, das auch nicht von dieser Welt war: Es prangte von roten und violetten Blumen, die in voller Blüte standen. Kraniche zogen am Himmel in lang gestreckter, keilförmiger Reihe. Auf der anderen Seite das Bild einer Gazelle in schnellem Lauf, auch sie nicht von dieser Welt, und über ihr ein kupferroter Adler, die Schwingen weit ausgebreitet, mit wilden, messerscharfen Augen. Die Räder am Wagen stammten von einem alten Fahrrad; aber ihre vernickelten Teile waren auf Hochglanz poliert. Der Frikadellenverkäufer, ein junger Mann, trug eine blaue Schürze, auf die ein junges Mädchen – selbstverständlich wird es seine Verlobte gewesen sein – mit großer Sorgfalt eine riesige, sehr gelbe Rose gestickt hatte. Aus dem offenen Kohlebecken wellte die Hitze der glühenden, faustgroßen Holzkohlestücke, aus denen blaue Flammen züngelten. Das Ofenrohr, mit gelber Metallfarbe angestrichen, glänzte wie Gold. Der Frikadellenverkäufer war mittelgroß, trug einen spitzen, scharf ausrasierten Schnurrbart und hatte große, hellbraune Augen. Er war quirlig und gewitzt wie ein Kobold, konnte keinen Augenblick stillhalten, sprang hierhin und dorthin, putzte die Tomaten mit einem weißen Papiertuch, bis sie glänzten, schichtete die Paprikaschoten zu Türmen, rümpfte die Nase, stieß alles wieder um und baute die Früchte, diesmal nebeneinander, wieder auf. Er trieb seine Späßchen mit den anderen Frikadellenverkäufern und den Schuhputzerjungen in seiner Nähe und fand auch noch Zeit, die Passanten mit Zurufen zu erheitern, die nur so über seine lachenden Lippen sprudelten. Der Platz war mit Apfelsinenschalen, Papierfetzen, Plastikbeuteln, Salat- und Kohlblättern übersät.

Ein junger Mann riss Süleyman aus seiner Versunkenheit: »Na, Kleiner, gehören dir diese Vögel?«

»Sie gehören mir«, antwortete Süleyman wie schlaftrunken.

»Was kosten sie?«

»Zehn Lira.«

»Soso«, sagte der Mann, kniete vor den Käfigen nieder und musterte die Vögel mit geschultem Blick. Dann öffnete er den größten der Käfige, nahm einige Vögel heraus und steckte sie unter sein Hemd. Danach stand er wieder auf. »Fünf Stück«, sagte er und reichte Süleyman einen Fünfzig-Lira-Schein. Dann ging er unbekümmert quer über den Rasen, am Denkmal der Bajonettkämpfer vorbei, die steile Kazanci-Straße hinunter. Verblüfft hielt Süleyman den Geldschein in der Hand.

»Steck ihn ein!«, sagte Hayri mit tiefer, satter Stimme.

Als Süleyman das Geld in seine Tasche steckte,

fing er an zu lachen. Wie eine Befreiung entlud es sich, und er konnte sich nicht mehr fangen.

»Hör endlich auf!«, fuhr Hayri ihn an. »Wie lachst du denn vor all diesen Menschen, wie eine Nutte.«

Dann kam noch einer. Er trug einen Tragsattel. Sein Rücken war gekrümmt, doch er hatte sehr breite Schultern. Die hohlen Wangen waren unrasiert, und seine tief liegenden, pechschwarzen Augen blickten unendlich traurig. Er berührte die Käfige sehr behutsam, als fürchte er, sie zu zerbrechen.

»He, Junge, was ist denn das da?«

»Vögel!«, antwortete Hayri.

»Oje! So viele!«

»Ja, viele«, sagte Hayri.

»Und wozu sollen sie gut sein?«

»Sie fliegen«, antwortete Hayri.

»Ja, sie fliegen«, mischte sich Süleyman ein. »Hör zu, Onkel, du kannst für zehn Lira einen dieser Vögel kaufen.«

»Gut. Und was dann?«

»Dann lässt du ihn fliegen. Dort hinauf.« Er zeigte auf die Wolke. »Und er fliegt in den Himmel und wartet auf dich an der Pforte zum Paradies.«

»O ja, ich weiß«, sagte der Lastenträger und freute sich. »Ich weiß; aber zehn Lira sind zu viel.«

»Fünf Lira!«, sagte Hayri, und Süleyman sah ihn vorwurfsvoll an. Dann begannen sie mit unendlicher Geduld hartnäckig zu feilschen. Schließlich einigten sie sich auf zweieinhalb Lira pro Vogel, bei einer Abnahme von drei Stück.

Der Mann nahm sie, setzte sich auf eine Bank im Schatten eines Baumes, der zwischen der Mauer und der Freitreppe stand, sah unverwandt die Vögel an und begann sie zu streicheln und zu küssen. Er liebkoste ihr Gefieder und sprach mit ihnen. Er war zu weit weg, so konnten die Jungen nicht verstehen, was er sagte. Vielleicht sprach er auch in einer anderen Sprache. Kurz darauf hörten sie vom Baum her die Klänge eines Liedes. Es war traurig und bitter wie eine Totenklage. Weich und leise strömte es wie klares Wasser, wie helles Licht in den lärmenden Trubel des Taksim-Platzes. Süleyman war dem Weinen nahe. Seine Glieder wurden schwer. Er kauerte sich auf die Stufen nieder, das Bild seiner Mutter vor Augen, musste immerfort an den Kelim denken. Auch Hayri war bewegt, und ihm war, als triebe er allein in einem unendlich weiten Meer dahin.

Mahmut saß nur da und rauchte eine Zigarette nach der anderen. Seine Blicke wanderten hin und her zwischen dem Mann, der die Totenklage sang, den Jungen und den kleinen Gruppen von Menschen, die stehen geblieben waren, um dem Gesang zu lauschen. Es schien, als hätten der Taksim-Platz, die Häuser und Autos, die Busse und wimmelnden Menschen ihr Lärmen unterbrochen und aufgehorcht, als der Mann zu singen begann.

Das Lied brach plötzlich ab. Der Mann stand auf, küsste zärtlich einen Vogel und öffnete seine Hand. Der Vogel schüttelte sein Gefieder, blickte um sich, schlug einige Male mit den Flügeln und flog in hohem Bogen davon. Die schmalen Gesichtszüge des Mannes mit dem Tragsattel glätteten sich, strahlten auf, und mit einem Anflug von Trauer blickte er auf Zehenspitzen dem davoneilenden Vogel hinterher, als wolle er mit ihm fliegen.

Und so tat er es auch mit den beiden anderen Vögeln. Mit hängenden Armen, den Rücken wieder gekrümmt, murmelte er im Weggehen: »Fliegt, fliegt, und grüßt mir das Dorf!« Dann ging er, ohne aufzublicken, an Süleyman und den Käfigen vorbei, schlängelte sich durch die Autokolonnen und verschwand auf der gegenüberliegenden Straßenseite.

Es kamen noch einige Kunden. Eine alte Frau im Tscharschaf wurde ganz glücklich, als sie die Vögel sah.

»Für meinen Enkel, für meinen Enkel!«, rief sie. »Ich hatte es ihm versprochen, aber seit drei Jahren seid ihr die Ersten, die ich treffe. Es gibt ja auch keine Vogelfänger mehr.«

Mit ihren zitternden Händen steckte sie die Vögel in eine Tüte und eilte auf die Fahrbahn. Ein wütendes Hupkonzert setzte ein und dröhnte über den Platz.

Dann, mit einem Mal, überfluteten so viele Menschen den Platz, dass keine Stecknadel hätte zu Boden fallen können. Sie wogten hin und her, riefen und brüllten, in einem Durcheinander, dass Gott erbarm. Dazu Motorenbrummen und Autohupen, Blechgeschepper, Benzingestank, der beißende Geruch von verbranntem Fett …

Süleyman wurde wieder zuversichtlich. Aber so geduldig er auch wartete, niemand kam, der auch nur einen einzigen Vogel kaufen wollte.

Da begann er zu rufen. »Fliege, Vogel, fliege vooor! He, Leute! Das Himmelstor, das Himmelstor, das Paradies!«, schrie er mit vorgestrecktem Hals. »Die Extrapforte zum Paradies! Das Himmelreich für einen Vogel! Kauft sie frei und huiii, lasst sie fliegen!«

Er rief und brüllte, wedelte mit den Armen, aber niemand kaufte ihm einen Vogel ab. Seine Stimme überschlug sich, wurde heiser, doch niemand kam. Da packte ihn die Wut. Wild gestikulierend sprang er auf den Stufen hin und her und schleuderte die übelsten Verwünschungen in die Menge. Einige Passanten blieben kurz stehen, betrachteten einen

Augenblick den Jungen, der auf der Treppe herumhopste, sie mit abscheulichen Flüchen überschüttete, und gingen dann weiter. Das aber brachte Süleyman so in Wut, dass er noch lauter hinter ihnen herschimpfte. Bis irgendwann ein junger Bursche in engen Hosen daherkam und sich vor Süleyman hinstellte. »Kerl, was fällt dir ein, die ganze Welt so zu beschimpfen?«, schrie er. »Sie kaufen eben keine Vögel! Denkst du denn, jeder muss einen Vogel freilassen, nur weil du ihn gefangen hast? Halt endlich deine Klappe, sonst …«

Mit geballten Fäusten ging er auf Süleyman los, doch Hayri schnellte wie ein Pfeil aus der Hocke hoch und baute sich vor dem Burschen auf: »Los, Kerl, kratz die Kurve, wenn du nicht lebensmüde bist!«, zischte er. »Wir haben sowieso nichts zu verlieren.«

Als der junge Mann sah, dass Hayri nicht zum Spaßen aufgelegt war und der Einsatz ihn teuer zu stehen kommen würde, spuckte er mit markiger Geste auf die Treppe und räumte, seinen feisten Hintern in den Bluejeans wiegend, das Feld.

Süleyman unterbrach seine Beschimpfungen und spuckte in weitem Bogen hinter dem Burschen her. Und Hayri tat es ebenso.

Plötzlich leuchtete Süleymans Gesicht auf, und er rief mit fröhlicher Stimme: »Wenn ihr alle diese

Vögel nicht kauft und in den Himmel fliegen lasst, werden wir sie heute Nacht essen.«

Er nahm einen Käfig, trug ihn die Stufen hinunter und rief jedem, der vorbeikam, zu: »Kauft diese Vögel! Rettet sie! Sonst werden wir ihnen die Köpfe umdrehen und sie noch heute Nacht essen.«

Dabei schnalzte er mit der Zunge: »Wir werden sie essen, hmmm, schön fett!«

Hayri nahm auch einen Käfig in die Hand und stellte sich oben auf die Treppe: »Wir werden sie essen!«, brüllte er.

Mahmut war aufgesprungen. Er lief herbei, nahm einen Käfig hoch und rief: »Seht, diese hungrigen Kinder werden diese armen kleinen Vögel essen!«

»Das verlangt ja keiner von ihnen!«

»Aber sie sind doch hungrig!«

»Dann sollen sie arbeiten, anstatt Vögel zu fangen!«

»Wo gibt es denn Arbeit für diese Kinder?«

»Sollen sie doch auf der Straße Zigaretten verkaufen!«

Auch Süleyman brüllte, ließ dabei aber den buntbemalten Wagen des Frikadellenverkäufers nicht aus den Augen und sah, wie jetzt kleine Rauchwolken aus dem Abzugsrohr aufstiegen.

Was haben Hayri, Süleyman und Mahmut der Menge nicht alles erzählt … Mahmut gab sich alle

Mühe, die Menschen zu überzeugen, dass die Kinder die Vögel noch in dieser Nacht verspeisen würden, so versuchte er, ihr Mitleid mit den Vögeln zu erregen.

Der Tag neigte sich, es wurde Abend, Lichter flammten auf, gelb, rot, grün und orange blinkten Neonröhren, begannen die Leuchtreklamen der Banken und Geschäfte, der Handelsgesellschaften und Hotels ihr grelles Geschwätz. Eine Wolke bunten Lichts legte sich über die Stadt. Heiser und völlig erschöpft ließ sich Süleyman auf die Treppe fallen. Hayri setzte sich neben ihn.

Mahmut konnte den Kindern nicht ins Gesicht sehen, alle Mühen und Entbehrungen hatten nichts gebracht. Er schämte sich im Namen der wimmelnden Menschenmassen dieses Platzes, im Namen der ganzen Menschheit vor den beiden Kindern – und auch vor den kleinen Vögeln. Still und unauffällig tauchte er im Gedränge unter. Die Jungen hockten auf den Stufen. Süleyman, den Arm auf einen Käfig gestützt, ließ seinen Kopf kraftlos auf der rechten Schulter ruhen und rührte sich nicht. Hayri hatte den Kopf so tief eingezogen, als wolle er ihn in seiner Brust vergraben. Die Kinder waren zusammengesunken, zwei Häufchen Elend. Und die Vögel waren so ermattet, dass sie das Flattern und Zwitschern völlig aufgegeben hatten.

Der Taksim-Platz quoll über von Menschen. Die Leuchtreklame vom Hotel gegenüber tauchte die Käfige, die Jungen und die Treppe in grellgrünes Licht.

Ich fahre zum Fischen, noch heute Abend«, sagte Mahmut. »Vielleicht fahre ich bis zu den Dardanellen.« In seinem Gesicht spiegelte sich die unendliche Traurigkeit eines Kindes wider, dem böse Buben sein Spielzeug zerbrochen haben.

»Gute Fahrt und Glück deinen Netzen!«

»Glück!« Er lachte bitter auf. »Glück also! Zum Teufel mit dem Glück …!«

Seit Tagen wagte ich mich nicht zu dem Zelt unter der Pappel. Und jedes Mal, wenn ich Tuğrul traf, sah er mich an, als verheimliche er mir Schlimmes, verzog die Lippen unter seinem Schnurrbart zu einem höhnischen Lächeln, grinste mich im Vorbeigehen hundsföttisch und niederträchtig an. Unter allen Menschen, die ich kenne, hat mich keiner so zur Weißglut gereizt, war mir niemand so zuwider wie dieser Junge. Wenn der mir einmal in die Finger gerät, Hundesohn, vermaledeiter! Ein sorgenfreies Leben, dickes Fell und feister Bauch – dieses Wildschwein! Und was für eins! Das tückische Lächeln und der kalte Blick dieses Jungen waren es, die mich davon abhielten, das Zelt unter der Pappel aufzusuchen. Unerfreuliches musste sich dort zugetragen haben. Den Jungen war sicher Übles widerfahren, wenn dieser Hund so triumphierte. Hätte sonst diese unglückselige Kanaille, die in ihrem ganzen Leben die wahre Freude nie gekostet hat, so frohlocken können?

Ich wollte hingehen, war besorgt um die Jungen, hatte Sehnsucht nach ihnen; aber jedes Mal, wenn ich meine Schritte zu ihnen lenkte, war mir, als versagten meine Beine den Dienst und zwangen mich, umzukehren.

Eines Morgens sah ich den roten Adler am Himmel. »Sollten die Jungen jetzt dort sein«, sagte ich mir, »würden sie sich freuen. Und wenn ich jetzt hier hinuntergehe, an den Offiziershäusern vorbei den Strand entlang, müsste ich das Zelt und die große Pappel sehen können.«

Als ich den Hügel hinter Menekşe erklommen hatte, sah ich die Pappel. Groß und majestätisch reckte sie ihre Zweige in den Himmel, so riesig, dass ihr Geäst ein kleines Feld beschatten könnte. Das Zelt aber war nicht zu sehen. Ich begann zu laufen. Als ich die Pappel erreichte, sah ich Tuğrul. Er hockte wie immer auf seinem Platz, das Kinn auf den Knien, und sah mich an, spöttisch, triumphierend, mit lächelnden Augen. Und überall lagen Vogelfedern, bedeckten in allen Farben den Zeltplatz, klebten an den kupferroten Karden, hingen in den Dornen, wirbelten im Morgenwind. Rote, violette, grüne, weiße und blaue Federn, auf der Erde, im Gras, in den Büschen und Bäumen.

Die verloschene Feuerstelle vor dem Zelt war rußig schwarz, und die drei Ziegel lagen verstreut in der Asche zwischen verkohlten Holzscheiten.

Verwirrt drehte ich mich zu Tuğrul um und sah ihn wütend an. Mein Befremden, mein verächtlicher Blick ließen ihn ungerührt. Er starrte mit seinem niederträchtigen, höhnischen Grinsen, selbstgefällig und herausfordernd auf einen Haufen verdorrter Kardenbüschel neben der Feuerstelle.

Ich machte einige Schritte in seine Blickrichtung. Plötzlich krampfte sich mein Herz zusammen, und wie vom Blitz getroffen blieb ich stehen. Im ausgedörrten Gras, neben einer einzelnen, hochgewachsenen blauen Männertreu, auf deren Stängel winzige Schnecken ihre schleimige Bahn zogen, waren Vogelköpfe aufgeschichtet, zu Hunderten, so hoch wie die Doldendistel, und auf den Köpfen mit den starren glanzlosen Augen hockten scharenweise gelbliche Ameisen.

Vom fernen Istanbul dröhnte es dumpf herüber, der rotgeflügelte Raubvogel hatte seine Brust in den Wind gereckt und kreiste mit weit geöffneten Schwingen über Menekşe, und vor mir stand das Denkmal der Stadt Istanbul, Mahnmal seiner Niederlage, seiner Grausamkeit, seiner verlorenen Menschlichkeit und all dessen, was es einmal war; ein Denkmal, errichtet aus aberhundert Vogelköpfen.

Über Yaşar Kemal

Yaşar Kemal wurde 1923 in einem Dorf Südanatoliens geboren und wuchs in großer Armut auf. Als einziges Kind in seinem Dorf lernte er Lesen und Schreiben, arbeitete als Tagelöhner auf Baumwollfeldern und Reisplantagen, war Hirte, Wasserträger, Schuhmacher, Traktorfahrer, Fabrikarbeiter. Schließlich konnte er genug Geld sparen, um sich eine alte Schreibmaschine zu kaufen. Als Straßenschreiber ließ er sich in einer kleinen Stadt nieder. Für Bauern, die nicht Lesen und Schreiben gelernt hatten, verfasste er Briefe, Bittschriften, Dokumente.

1951 wurden seine ersten Erzählungen in der Istanbuler Zeitung *Cumhuriyet* abgedruckt. Sie erregten Aufsehen, denn sie handelten vom täglichen Leben der Bauern und waren im Stil der Umgangssprache geschrieben – in der türkischen Literatur jener Jahre etwas Ungewohntes. Als Journalist durchstreifte Kemal zwölf Jahre lang die türkischen Landgebiete. Er schrieb über die Armut, den Hunger, die Dürre, die Ausbeutung durch feudale Großgrundbesitzer. Noch nie waren solche Berichte in der türkischen Presse erschienen. Einige führten sogar zu Debatten in der Nationalversammlung.

Mit dem Roman *Memed mein Falke* wurde er 1955 auf einen Schlag zum meistgelesenen Schriftsteller der Türkei. Mit fast einer halben Million verkauften Exemplaren hat er in diesem Land mit seiner hohen Zahl von Analphabeten eine einzigartige Verbreitung gefunden. *Memed* brachte Kemal auch den Durchbruch in die internationale Literatur. Auf Empfehlung der UNESCO und des internationalen PEN-Clubs wurden seine Werke in über dreißig Sprachen übersetzt und mit zahlreichen internationalen Literaturpreisen ausgezeichnet. 1997 erhielt er den Friedenspreis des Deutschen Buchhandels, 2008 wurde er mit dem Türkischen Staatspreis geehrt.

Yaşar Kemal im Unionsverlag

Salih der Träumer

Ein aufregender Sommer für Salih, den Träumer und Taugenichts. Ganze Tage verbringt er am Meer, da findet der Junge am Strand ein verletztes Möwenjunges, das seine ganze Fürsorge braucht. Nur die Salbe seiner Großmutter kann den gebrochenen Flügel retten. Bloß: Salih und die Großmutter sind sich spinnefeind.

Memed mein Falke

In den abgelegenen Dörfern am Rande des anatolischen Taurusgebirges herrscht der Grundbesitzer Abdi Aga. Der Boden ist so elend, dass fast nur Disteln auf ihm wachsen. Und von jeder Ernte fordert der Aga zwei Drittel. Memed, der Bauernsohn, entwickelt sich vom schmächtigen, ängstlichen Knaben zum Räuber, Rebell und Rächer des Volkes.

Der Granatapfelbaum

Der amerikanische Marschall, so nennen ihn die Landarbeiter, hat nach dem Zweiten Weltkrieg die Türkei mit funkelnden Traktoren überschwemmt. Seither ist in der Çukurova-Ebene nichts mehr so wie früher. Die Großgrundbesitzer sind vernarrt in ihre neuen Maschinen. Ein Grüppchen von Dörflern findet trotzdem ganz unerwartet sein Glück.

Mehr über Autor und Werk auf *www.unionsverlag.com*

Yaşar Kemal im Unionsverlag

Die Hähne des Morgenrots

Die vom Krieg zusammengewürfelte Gemeinschaft auf der Ameiseninsel wächst und wächst. Die Flüchtlinge aus dem Osten und aus dem Westen versuchen, hier heimisch zu werden. Doch auch das Heimweh wächst: Der berühmte Pferdezüchter Aga Efendi will um jeden Preis zurück auf sein geliebtes Kreta. Er bäumt sich auf gegen eine gedankenlose Weltpolitik.

Der Sturm der Gazellen

Die paradiesische Insel in der Ägäis war menschenleer, nachdem die griechischen Bewohner nach dem Ersten Weltkrieg vertrieben wurden. Nach und nach strandet hier eine bunte Schar aus allen Winkeln des alten osmanischen Reiches. Jeder Einzelne hat tausend Geschichten zu erzählen. Allmählich werden die Bewohner zu einer verschworenen Gemeinschaft, auf die bereits neue Bewährungsproben warten.

Salman

Ismail Aga liebt das Waisenkind Salman wie einen eigenen Sohn und Erben, bis ihm seine Frau einen Knaben gebärt: Mustafa. Nun schleicht sich die Schlange der Eifersucht ins Haus. Die Angst ergreift zuerst die Kinder, dann das ganze Dorf, und zuletzt ist sich niemand seines Lebens mehr sicher.

Mehr über Autor und Werk auf *www.unionsverlag.com*

Yaşar Kemal im Unionsverlag

Zorn des Meeres

Wenn der Erzähler seinen Freund, den Fischer Selim, auf der Jagd nach dem letzten großen Schwertfisch begleitet, beginnt das Marmarameer zu leben. Selims Traum ist es, ein Stück Land zu kaufen und ein Haus zu bauen. Auf dem Boot erzählt er von seiner Freundschaft zu einem Delfin. Unterdessen wird der junge Zeynel von der Polizei durch ganz Istanbul gehetzt. Auch mit Selim hat er eine Rechnung zu begleichen.

Eisenerde, Kupferhimmel

Der Winter ist über das anatolische Bergdorf hereingebrochen. Die Bauern, eine in Stolz, Liebe, Hass und Verzweiflung verkettete Schicksalsgemeinschaft, sind von der Außenwelt abgeschnitten. Mehr und mehr werden sie Gefangene ihrer Angst: Wann kommt Adil Effendi? Nach der elenden Baumwollernte des letzten Jahres konnten sie ihm die Schulden nicht zurückzahlen. Jetzt ist das Dorf vogelfrei.

Der Wind aus der Ebene

Wenn der Wind die Disteln aufwirbelt, dann ist für die Bewohner des weltabgeschiedenen Dorfes hoch im Taurusgebirge die Zeit zum Aufbruch gekommen. Sie ziehen hinunter in die Ebene, um sich als Tagelöhner zu verdingen. Doch die fröhlich begonnene Reise wird zur Höllenfahrt.

Mehr über Autor und Werk auf *www.unionsverlag.com*